AF206691

Die
2. Lebensschiene

von

Johann Henseler

2

Inhalt:

1. Spurlos verschwunden

Von allen vergessen?

Vanni kam immer als Letzte zur Schule, Lynn und Kim warteten auf sie. Heute stand Lynn aber allein da.

„Hast du Kim heute schon gesehen? Sie wartet doch sonst immer mit mir vor dem Haupteingang auf dich. Heute war sie aber nicht da!"

„Keine Ahnung, vielleicht ist sie schon drinnen!", vermutete Vanni.

Beide suchten Kim eine Zeit lang im Gebäude, gaben aber bald auf.

„Sie ist bestimmt zu Hause, vielleicht ist sie erkältet", meinte Lynn nach einiger Zeit. „Wir rufen sie in der Pause mal an und fragen, was los ist."

Die Lehrerin, Frau Stötzel, betrat den Klassenraum und ließ ihren Blick über die Klasse schweifen: „Ich sehe, es fehlt keiner, dann fangen wir an."

„Doch, Kim fehlt, Frau Stötzel!", rief Vanni in die Klasse.

Die Klasse lachte.

„Ja, richtig!", entgegnete Frau Stötzel. „Und Jutta, Aloys und Bartholomäus fehlen auch!"
Die Klasse lachte noch lauter.
Vanni blickte hilfesuchend zu Lynn, die nun laut in die Klasse rief: „Kim fehlt wirklich. Eine Jutta, einen Aloys oder einen Bartholomäus haben wir doch gar nicht in der Klasse!"
„Ach so, aber eine Kim haben wir! Wo ist sie denn?", erwiderte Frau Stötzel.
„Sie fehlt doch!" Vanni war verwirrt.
„Alle, die es nicht gibt, fehlen, und zwar schon seit dem ersten Schultag!" Frau Stötzels Stimme wurde nun deutlich lauter.
Die Klasse lachte erneut.
„So, Vanni und Lynn, jetzt haben wir genug über euren Scherz gelacht, jetzt will ich nichts mehr davon hören, jetzt wird gearbeitet!"
Nach der Stunde rief Mark Vanni zu: „Das war ein lustiger Einfall von euch mit dieser Kim!"
Doch Vanni beachtete ihn nicht weiter, zog Lynn in eine Ecke, und beide begannen sofort miteinander zu tuscheln.
„Sind denn alle verrückt geworden?", empörte sich Lynn. „Die tun ja alle so, als ob es Kim gar nicht gäbe! Frau Stötzel hat sich mit der Klasse bestimmt abgesprochen, um uns reinzulegen!"

„Das habe ich auch zuerst gedacht, aber Mark würde dabei nie mitmachen. Der ist doch in mich verknallt!"

Keine Erinnerung?

„Den Platz von Kim gibt es auch nicht mehr. Der Tisch, an dem sie alleine saß, steht gar nicht mehr in der Klasse!"
„Das wird mir langsam unheimlich. Komm, wir laufen schnell auf den Hof und rufen sie an!" und ohne eine Antwort abzuwarten, lief Vanni in Richtung Ausgang.
„Dann kommen wir für die nächste Stunde viel zu spät zurück!", gab Lynn zu bedenken.
„Ich will aber wissen, was los ist", rief Vanni.
Da lief Lynn hinter ihr her.
Auf dem Schulhof rief Vanni sofort Kim an, aber die Telefonansage plapperte: „Kein Anschluss unter dieser Nummer!", mithin gab es diesen Anschluss gar nicht.
Vanni war blass geworden, Lynn schaute sie verstört an.
„Wir müssen sofort zu ihrem Haus. Da ist bestimmt etwas Schlimmes passiert!", krächzte Vanni und sogleich rannten beide in Richtung Eisdiele, die Kims Vater betrieb.

Schon aus einiger Entfernung bot die Eisdiele nicht das gewohnte Bild. Als sie das Haus erreicht hatten, prangte ihnen ein zerfleddertes Schild entgegen: „Wegen Betriebsaufgabe geschlossen!" Die Fenster waren mit großen Pappen oder Brettern zugenagelt und das ganze Gebäude bot einen verwahrlosten Eindruck.
Lynn schauderte: „Es sieht so aus, als wären sie und ihre Familie gar nicht mehr da!"

Nur Einbildung?

Vanni schaute sie mit Tränen in den Augen an: „Es sieht so aus, als wäre Kim nie hier gewesen, als hätte es sie gar nicht gegeben!"
„Aber wir wissen doch, dass es sie gibt!"
„Aber vielleicht sind wir die Einzigen und keiner glaubt uns."
„Was machen wir jetzt?" Lynn war ratlos.
„Wir suchen sie, vielleicht ist sie in großer Gefahr!", sagte Vanni entschlossen.
„Aber wo sollen wir anfangen?". Lynn war ratlos
„Ich weiß es auch nicht. Vielleicht im Keller der Eisdiele. Da waren wir ja oft mit ihr zusammen."
„Aber in der Eisdiele wohnt sie doch gar nicht! Und wie sollen wir da reinkommen?"

„Keine Ahnung! Vielleicht bietet sich eine Möglichkeit. Aber jetzt müssen wir erst zur Schule zurück."

Geistesabwesend ließen beide das Donnerwetter ihrer Klassenlehrerin über sich ergehen, die von „unerlaubtem Entfernen von der Schule während der Schulzeit" redete, die einen wahren Wutanfall bekam, als Lynn auf ihre Frage, warum sie denn die Schule verlassen hätten, antwortete: „Um Kim zu suchen!" und die daraufhin ankündigte einen Brief an die Eltern von Lynn und Vanni über das Fehlverhalten und die Unverschämtheit ihrer Kinder zu senden.

Verwirrt brachten die beiden Mädchen den Rest des Schultages hinter sich und verabredeten sich für den frühen Nachmittag.

2. Die Flucht vor dem Tod

Abschied für immer?

Als Vanni die Haustür am Nachmittag für Lynn öffnete, wedelte Lynn ihr mit einem Brief vor der Nase herum: „Du hast ihn auch bekommen? Ich verstehe davon nur die Hälfte!"

„Komm erst mal rein!" Vanni zog Lynn in ihr Kinderzimmer. „So, jetzt lesen wir mal gemeinsam, was Kim uns geschrieben hat. Dann können wir ja zusammen versuchen, alles zu verstehen."

Vanni begann laut vorzulesen:

Liebe Lynn, liebe Vanni!

Nur ihr Beiden erhaltet diesen Brief, weil ihr meine besten Freundinnen seid. Bitte zeigt ihn nur dann einem Anderen, wenn es unbedingt nötig ist.

Wenn ihr diesen Brief lest, bin ich verschwunden und mit mir meine ganze Familie.

Keiner, außer euch beiden, wird sich an mich erinnern. Denn nur die Menschen, die mich mit dem Herzen lieben, vergessen mich nicht, auch nicht, wenn ich selbst in einer anderen Welt weile. Ihr Beiden seid die Einzigen außerhalb meiner Familie, von denen ich weiß, dass sie mich mögen. Darum wisst ihr - und wahrscheinlich sonst keiner - noch alles von meinem Leben in eurer Welt, auch wenn ich dann aus ihr verschwunden sein werde.

Ich muss jedoch alles hinter mir lassen, mein ganzes bisheriges Leben und alle Erinnerungen, auch die an euch, sind dann vergessen. Ich lebe in einer anderen Welt, die ich noch nicht kenne und in die ihr Beide wahrscheinlich nie kommen könnt. Ich werde andere Freunde haben, andere Lehrer, eine andere Umwelt, kurz: ein anderes Leben, aber mir bleibt dieselbe Familie und auch ich bleibe so, wie ich bin.

Es tut mir so weh, dass wir uns wahrscheinlich nie wiedersehen, aber ich musste diese Welt mit meinem Leben und dem meiner Familie gegen eine andere Welt mit einem anderen

Leben von mir und meiner Familie tauschen, um alle zu retten.

Ich habe nämlich in unserem Kellerraum, den ihr ja gut kennt, doch noch einige Zeitpralinen gefunden. Eine davon hat mich besonders gereizt. 10 Sekunden vom übernächsten Tag sollte ich zu sehen bekommen, 10 Sekunden von dem, was übermorgen geschehen würde.

*Ich habe die Praline gegessen. Es wurde schwarz vor meinen Augen. Dann sah ich eine Schlagzeile in einer Zeitung mit dem Datum von übermorgen: **Familie nahezu ausgelöscht. Nur Tochter überlebt.** Daneben war ein Foto von mir.*

Ich bekam einen furchtbaren Schreck. Meine Familie sollte sterben! Nur ich würde überleben! Ich weiß nicht, von welchem Ereignis die Rede war, einem Autounfall, einer Vergiftung oder einem Verbrechen, dazu war die Zeit zu kurz. Wenn ich aber nicht weiß, was oder wer uns bedroht, kann ich meine Familie auch nicht schützen.

Durch die Schriften von Jakob Jungbrunn, die sich ja alle noch im Keller stapelten und die ich fast alle gelesen hatte, wusste ich, dass es die Möglichkeit gibt, in eine andere Welt zu fliehen. Er selbst hat diese Welt besucht und diesen Besuch auch beschrieben. Ich hatte das für pure Phantasie gehalten, jetzt habe ich aber keine andere Chance, als es auch zu versuchen. Er hatte sich aus verschiedenen Bestandteilen ein Pulver zusammengestellt, das er in einem Glas mit der Aufschrift „Wechsel der Lebensschiene" aufbewahrte. Ich werde meinen Eltern, meinem Bruder und mir zwei Teelöffel von diesem Pulver ins Essen mischen und ich hoffe, dass wir dann alle in der anderen Welt glücklich leben können. Ich schicke euch die Hälfte vom Rest des Pulvers und die Gebrauchsanweisung von Jakob Jungbrunn in einem Päckchen zu. Vielleicht müsst ihr auch einmal fliehen. Die andere Hälfte nehme ich mit in die andere Welt. Vielleicht brauchen wir das Pulver noch einmal.

Ob ich selbst an euch in der anderen Welt eine Erinnerung habe, weiß ich nicht. Vielleicht sehen wir uns nie wieder, und darüber bin ich sehr traurig. Aber ich musste das tun, denn wäre ich im alten Leben geblieben, hätte ich nur unglücklich werden können.

Jetzt muss ich mich beeilen, denn die Zeitung war von übermorgen, und sie hat bestimmt vom Tag davor berichtet, also von morgen, also von dem Tag, an dem ihr diesen Brief erhaltet. Dann sind wir aber schon nicht mehr da.

Vielleicht doch auf ein Wiedersehen!

Ich weiß, dass ihr mich versteht!

Eure ewige Freundin

Kim

Ist Hilfe nötig?

Vanni blickte auf Lynn. „Sie ist tatsächlich verschwunden. Keiner erinnert sich mehr an sie, nur wir."

„Vielleicht sehen wir sie nie wieder!", schluchzte Lynn.

„Wir müssen uns erst mal überlegen, was wir jetzt unternehmen!", sagte Vanni entschlossen.

Sie schwiegen beide. Dann sagte Lynn: „Ich weiß ja nicht, wie du darüber denkst, aber ich glaube, es wäre gut, wenn wir noch Hilfe bekämen. Ich denke, Erwachsene denken, wir wollten sie veräppeln oder wir seien verrückt geworden, von ihnen ist keine Hilfe zu erwarten. Wer glaubt uns?" Und ohne die Antwort abzuwarten, fuhr sie fort: „Nur einer, und du weißt auch, wen ich meine!"

„Du hast recht. Wenn ich Mark morgen um Hilfe frage, wird er bestimmt nicht ablehnen."

„Nicht morgen!", rief Lynn. „Jetzt! Denk daran, dass heute ein Unglück oder etwas Ähnliches mit Kims Familie passiert wäre. Wir müssen rauskriegen, was das ist. Dabei kann uns Mark helfen. Wir müssen ihn deswegen heute noch treffen. Wenn du anrufst, kommt er sofort!"

Tatsächlich erschien Mark schon eine halbe Stunde später, nachdem Vanni ihn angerufen hatte. Er las den Brief und schaute skeptisch die beiden Mädchen an.

„Euch zuliebe", und dabei sah er nur Vanni an, „glaube ich das jetzt mal. Jedenfalls helfe ich euch, wenn ich kann."

„Danke, Mark!" Lynn lief zu Mark und umarmte ihn leicht. „Auch von mir danke!", sagte Vanni, vermied es aber ihn zu berühren.

Vermiedenes Unglück?

„Wir müssen also als Erstes nachforschen, was heute Schlimmes mit der Familie geschehen wäre. Wenn wir das wissen und gleichzeitig wissen, ob damit die Gefahr für die Familie nicht mehr besteht, dann kann Kim mit ihrer Familie wieder aus der anderen Welt zurückkehren. Natürlich…"

In diesem Augenblick erzitterten die Fensterscheiben von einer gewaltigen Explosion, die sich, wie das gedämpfte Geräusch verriet, allerdings in einiger Entfernung ereignet haben musste. Alle liefen zum Fenster, konnten jedoch außer einer großen Staubwolke, die zum Himmel stieg, nichts erkennen.

„In dieser Richtung liegt die Eisdiele, wir müssen sofort dorthin!", rief Vanni aufgeregt. Schon hörte man die Alarmsirenen der Feuerwehr und der Polizei.

Als sie endlich keuchend in die Nähe der Eisdiele gelangten, wurde ihnen der weitere Weg versperrt. Ein Polizist versperrte den Zugang und informierte über Megaphon: „In der alten Eisdiele hat sich wahrscheinlich eine Gasexplosion ereignet. Das Gebäude ist völlig zerstört. Zum Glück sind keine Personen zu Schaden gekommen, weil es unbewohnt war. Die umliegenden Häuser werden gerade vorsichtshalber evakuiert, bis dass es sicher ist, dass keine weitere Gefahr droht. Wenn Sie zu den Bewohnern der umliegenden Häuser gehören, melden Sie sich bei mir oder meinen Kolleginnen und Kollegen , wir bringen Sie dann zu Ihren Angehörigen!"

„Das war die drohende Gefahr, von der Kim durch die Zeitung von morgen erfahren hat! Die ganze Familie wäre gestorben!", flüsterte Lynn. „Nur Kim selbst nicht! Wir wollten heute eigentlich schwimmen gehen! Was für ein Glück, dass sie sich mit ihrer Familie in eine andere Welt retten konnte!"

Vanni nickte stumm.

„Jetzt glaube ich euch wirklich!", sagte Mark. „Wir gehen zurück und überlegen uns, was wir jetzt tun können!"

Der Entschluss

„Kim könnte mit ihrer Familie jetzt eigentlich zurückkommen. Die Gefahr ist ja vorbei!", begann Mark, als sie wieder in Vannis Zimmer zusammensaßen.

„Wo soll die Familie denn hin? Ihr Haus ist doch zerstört!", wandte Lynn ein.

„Das ist das erste Problem, das wir lösen müssen: Wo soll die Familie wohnen? Das zweite Problem ist: Wo findet der Vater eine neue Arbeitsstelle, wenn die Eisdiele zerstört ist?", ergänzte Vanni.

„Vielleicht geht es Kim und ihrer Familie so gut, dass sie gar nicht mehr zurück wollen!", meinte Lynn.

„Vielleicht gefällt ihnen unsere Welt viel besser, aber Kim weiß nicht, dass die drohende Gefahr für ihre Familie nicht mehr besteht!", sagte Mark.

„Wir müssen Kontakt zu ihr aufnehmen!", stellte Vanni entschlossen fest. „Aber wir müssen warten, bis das Päckchen mit der Gebrauchsanweisung bei uns angekommen ist, also bis morgen." Die beiden anderen nickten zustimmend und alle verabredeten sich für den nächsten Tag.

3. Das Pulver

Das Päckchen

Lynn hatte am nächsten Tag ein kleines Päckchen in der Hand, als sie etwas später als verabredet bei Vanni eintraf. „Ich habe noch eine Zeitung von heute besorgt, dann kann Kim vielleicht selbst lesen, dass die drohende Gefahr für ihre Familie jetzt nicht mehr besteht. Das Päckchen habe ich noch nicht ausgepackt. Ich finde es besser, wenn wir das gemeinsam tun!"

„Ich finde das auch besser, aber ich hätte das nicht ausgehalten!", seufzte Vanni.

Mark, der bereits anwesend war, grinste: „Das hat sich Kim bestimmt gedacht und deswegen Lynn das Päckchen geschickt."

„Dafür verprügele ich dich jetzt!", lachte Vanni und boxte Mark spielerisch auf den Arm.

„Au, au, au!", schrie Mark gekünstelt und lachte dabei die ganze Zeit.

Das Päckchen enthielt ein Glas mit Schraubverschluss, das mit einem bräunlichen Pulver fast ganz gefüllt war. Daneben lag ein großes Blatt mit einem Text in einer fast unleserlichen Schrift.

„Wir lesen vor und wenn wir etwas nicht verstehen, erklären wir es uns gegenseitig. Ich fange an!", und Vanni begann vorzulesen.

Kurze Einführung zum Gebrauch des Pulvers

Das von mir hergestellte Pulver ermöglicht den Besuch in der anderen Welt. Diese Welt befindet sich genauso auf der Erde, wie die Welt, in der wir leben.

Jedoch: Es gibt nicht nur eine Gegenwart.

Alle Menschen leben im selben Raum, also auf der Erde. Aber ein Teil der Menschen lebt in einem anderen Leben. Beide Teile der Menschheit leben gleichzeitig, aber in einer anderen Dimension, in der parallelen Gegenwart. Die Menschen kennen aber nur die Dimension ihrer eigenen Welt, sie glauben, dass es nur ihre Gegenwart gibt.

Gleichzeitig gibt es jedoch einen zweiten, parallelen Zeitablauf, eine Parallelwelt. Wir kennen weder die Menschen noch die Ereignisse dort.

Es ist nur wenigen bekannt, dass es überhaupt zwei verschiedene Zeitabläufe gibt.

Ich nenne die Zeitabläufe Lebensschienen.

Dieses Pulver ermöglicht es, dass man die Lebensschiene wechseln kann.

Folgendes gilt es dabei zu beachten:

- *Ein Teelöffel Pulver katapultiert einen für 24 Std. in die Parallelwelt.*
- *Der Reisende vergisst alles von seiner bisherigen Lebensschiene, wenn er länger in der anderen Lebensschiene bleibt als das Pulver wirkt.*
- *Alle in seiner bisherigen Lebensschiene vergessen den Reisenden, wenn er die Lebensschiene wechselt, nur nicht diejenigen, die ihn von ganzem Herzen lieben.*
- *Der Reisende behält in der anderen Lebensschiene seine Identität, er bleibt*

also in charakterlicher Hinsicht gleich, bleibt genauso klug, behält sein Aussehen, seine Vorlieben und Abneigungen, sogar dieselbe Handschrift.

- *In der anderen Lebensschiene wird er so behandelt, als habe er schon immer in dieser Lebensschiene gelebt.*

Vorsicht! Alle Erkenntnisse über das Pulver sind noch nicht erforscht!

Professor Jakob Jungbrunn

„Woher weiß Herr Jungbrunn das alles?", staunte Vanni.

„Das ist doch jetzt egal. Die Hauptsache ist doch jetzt, Kim zu helfen!" Mark sagte das ganz entschieden.

„Kim wüsste bestimmt, was wir jetzt tun sollten!", seufzte Lynn. „Ich glaube, es ist am besten, wenn wir das erst einmal durchdenken!"

Die beiden anderen nickten.

„Erst müssen wir überlegen, wer von uns dreien der Reisende sein soll!"

Es entstand ein längeres Schweigen. Jeder wollte gern reisen, aber keiner wollte sich vordrängen.

Schließlich sagte Mark in die Stille: „Der Reisende kann ja nur zurück, wenn ihn einer von Herzen liebt. Was passiert denn mit dem Reisenden, wenn der, der ihn von Herzen liebt, krank wird oder verunglückt oder vielleicht sogar stirbt?"

Die beiden Mädchen sahen Mark betroffen an.

„Ich meine ja nur. Wir wollten das doch durchdenken!", murmelte Mark.

„Wenn das passierte, könnte der Reisende nicht mehr zurückkehren!", meldete sich Lynn. „Oder ein anderer, der den Reisenden ebenfalls von Herzen liebt, hilft ihm zurückzukehren."

Sie hielt einen Moment inne.

„Am besten würde der fahren, der von zwei Personen mit dem Herzen geliebt wird. Dann wäre das Risiko nicht so groß, dass ihm bei der Rückkehr keiner helfen kann!"

Sie schaute in die Runde. Mark wurde ein bisschen rot.

„Vanni, du musst in die andere Lebensschiene zu Kim reisen!"

Vanni blickte kurz in die Runde: „Gut, ich fahre!"

Am nächsten Tag, einem Samstag, trafen sich alle bei Lynn. Sie beschlossen, dass Vanni das Pulver um 9 Uhr morgens einnehmen sollte. Vannis Eltern waren über das Wochenende Freunde besuchen, sie würden Vanni nicht vermissen. Vanni hatte überdies ihren Eltern mitgeteilt, dass sie bei Lynn übernachten wolle. Um 9 Uhr am Sonntag sollte sie wieder zurück sein.

Als es Punkt 9 Uhr am Samstag war, umarmten sich alle, wünschten Vanni viel Glück und dann schluckte Vanni einen Teelöffel Pulver hinunter. Dabei sagte laut: „Ich will zu Kim!" Augenblicklich war sie verschwunden.

4. Die Kontrolle

Die Ankunft

„Wir bestimmen allein über uns!", las Vanni auf einem großen Schild an der hinteren Wand des Raumes, das über etlichen, mit Heftzwecken befestigen, beschriebenen Zetteln hing. Es konnte nur Sekunden her sein, dass sie in diesen Raum hineinkatapultiert worden war. Sie hatte keine Ahnung, wo sie sich befand, aber offensichtlich saß sie in der vordersten Reihe einer Schulkasse. Die Mädchen und Jungen in ihrem Alter saßen ruhig auf ihren Sitzen, fast alle hatten den Blick zu ihr gewandt, aber keiner richtete das Wort an sie. Sofort erkannte sie Kim, die in der letzten Reihe saß. Sie winkte ihr zu, doch Kim zeigte keinerlei Reaktion. Vanni spürte, wie Panik in ihr hochstieg.

Eine junge Erwachsene betrat den Raum, wohl die Lehrerin. Vanni stand von ihrem Sitz auf, um die Lehrerin stehend zu begrüßen, wie es in ihrer Schule üblich war. „Was ist das denn? Die bleiben ja alle sitzen!", wunderte sie sich. Die Lehrerin schien das nicht zu stören. Auch eine gemeinsame Begrüßung unterblieb, es war vollkommen ruhig im Klassenraum.

„Gut, dass du stehst, Vanni. Dann kann ich dich gleich vorstellen", sagte die Lehrerin. „Das ist Vanni, die zu uns gekommen ist, um von uns und mit uns eine Zeit lang zu lernen. Wie lange, wird von ihr und von euch abhängen!"

Sie unterbrach sich kurz, während es Vanni durch den Kopf schoss: „Sie kennt mich!"

„Jetzt kannst du deinen Mitschülern etwas über deine Lieblingsbeschäftigungen mitteilen!", forderte die Lehrerin sie auf. Vanni schluckte. Sie kannte die Jugendlichen doch gar nicht näher. Schließlich, als alle sie erwartungsvoll anblickten, stieß sie hervor: „Sport und Australien!"

Die Klasse zeigte keine Reaktion.

„Na ja!", sagte die Lehrerin. „Beginnen wir!"

Die Ämter

Zwei Jungen und zwei Mädchen erhoben sich von ihren Plätzen und stellten sich neben die Lehrerin. Eins der Mädchen wandte sich kurz an die Klasse. „Ihr wisst natürlich Bescheid, aber", und es wandte sich an Vanni, „dir muss ich einiges erklären. Wir haben morgens in der ersten Stunde unsere tägliche Demokratiestunde, in der wir Berichte hören und Beschlüsse fassen. Heute findet jedoch die monatliche Hauptversammlung statt, in der wir alles Wichtige, was länger dauert, besprechen können. Ich heiße Mara und leite die Versammlung." Dann wies sie auf die anderen drei Jugendlichen und erklärte: „Das ist Lena, sie wacht über die Befolgung der Beschlüsse bei den Mädchen, das ist Jens, der für die Jungen verantwortlich ist. Und Alexander ist unser Präsident, der für die Belohnungen zuständig ist. Während der ersten Sitzung sitzt Frank neben dir. Er ist für Neuankömmlinge verantwortlich. Normalerweise sind Privatgespräche während der Versammlungszeit untersagt. Du darfst aber Frank, und nur Frank, fragen, wenn du etwas erklärt haben möchtest."

Ein schlanker, schwarzhaariger Junge stand von seinem Platz auf und setzte sich auf den freien Platz neben Vanni.

„Hallo, Frank!", begrüßte Vanni ihn freundlich.

„Bitte nur Fragen stellen!", flüsterte Frank.

Die Freundin der Klasse

Mara drehte sich wieder zur Klasse. „Die Hauptversammlung beginnt!", verkündete sie mit lauter Stimme. „Brigitte, du kannst dich zunächst hinten hinsetzen. Ich sage dir dann, wenn du rausgehen musst."

Die Lehrerin stand auf und setzte sich auf einen Stuhl hinter die Klasse.

„Duzt ihr eure Lehrerin?", flüsterte Vanni verwundert Frank zu.

„Ja, das haben wir so beschlossen. Sie ist ja auch die Freundin von uns allen, und dann fanden wir es unpassend, sie Frau Bochem zu nennen. Sie hat sich über den Beschluss sehr gefreut." Frank sah Vanni während seiner Antwort nicht an.

„Dürft ihr die Lehrerin aus der Klasse schicken?", fragte Vanni weiter.

„Während unserer Versammlung in den Demokratiestunden schon. Wenn wir wichtige Beschlüsse fassen, soll sie sich nicht einmischen können oder wissen, wer was gesagt hat!" Frank zeigte auf das Schild auf der hinteren Wand. „Wir bestimmen nämlich über uns selbst!"

„Was habt ihr es gut!", seufzte Vanni. „Bei uns in der Schule…"

„Bitte nur Fragen!", unterbrach sie Frank.

„Warum?", entgegnete Vanni erstaunt.

„Weil wir das so beschlossen haben. Privatgespräche stören die Versammlung und diejenigen, die sich privat unterhalten, können sich nicht mehr genug auf die Versammlung konzentrieren. Wir müssen jetzt auch aufpassen, weil der erste Bericht beginnt."

Das Vergehen

Inzwischen hatte Mara Jens nach vorne gebeten. „Wie ihr wisst, haben wir ja mit großer Mehrheit beschlossen, alle vegetarisch zu leben. Wir müssen uns alle an unseren Beschluss halten. Jens wird uns nun berichten, ob sich alle Jungen wirklich daran gehalten haben."

„Ich bin auch Vegetarierin!", warf Vanni halblaut ein.

„Bitte, nur Fragen!", sagte Frank erneut.

„Leider ist das nicht so!", begann Jens seinen Bericht nach Maras Aufforderung. „Mir ist eine Verfehlung gemeldet worden!" Er blickte starr in die Klasse. „Christian hat bei seiner Kontrolle der Schultaschen gesehen, dass Will ein Wurstbrot in seiner Tasche versteckt hatte. Christian hat es ihm weggenommen."

„Darf Christian das? Ich bin zwar auch Vegetarierin, aber das ist doch nicht richtig! Dann hat Will doch nichts mehr zu essen!", flüsterte Vanni.

„Ja, das darf er und Will ist das selber schuld, wenn er nichts mehr zu essen hat. Wir haben beschlossen, dass jeder Junge die Taschen der übrigen Jungen kontrollieren darf."

„Warum?"

„Weil wir unsere Beschlüsse auch durchsetzen wollen. Schließlich wollen wir ja die Tiere vor den gierigen Carnivoren, also unseren Feinden, den Fleischfressern, retten. Wir wissen aber auch, dass wir schwach sind und selber manchmal in das blutgierige Stadium der Tiermörder zurückfallen, indem wir z. B. Wurst essen. Das wollen wir alle nicht."

„Aber dass jeder das kontrollieren darf, finde ich nicht richtig. Da hat man ja gar keine Privatsphäre mehr. Diese Kontrolle würde ich nie machen und mir auch nicht gefallen lassen!"

„Bitte nur, Fragen!", wiederholte Frank. „Weil wir unsere Beschlüsse so ernst nehmen, erhält Christian nachher auch eine Belohnung, Will auch."

„Will auch? Wird der nicht bestraft?", fragte Vanni verwundert.

„Strafen gibt es bei uns nicht! Wir haben beschlossen, sie abzuschaffen." Er legte den Finger auf seine Lippen. „Pass jetzt auf!"

Mara ergriff das Wort: „Will, stimmt das?"

„Ja!", antwortete Will.

„Dann komm bitte nach vorne."

Will ging durch den Klassenraum nach vorne und stellte sich mit dem Gesicht zur Wand in eine Ecke.

Der Präsident

„Ich bereue, was ich getan habe!", rief er laut gegen die Wand. „Bitte, Herr Präsident, belohnen Sie meine Reue damit, dass ich mich zur Klasse umdrehen darf!"

„Warum siezt er seinen Klassenkameraden und nennt ihn nicht mit seinem Namen?", fragte Vanni.

„Wir haben das aus Ehrfurcht vor dem von uns gewählten Präsidenten so beschlossen!", war Franks Antwort.

Alexander saß als einziger vor der Klasse, die anderen drei standen. Er lehnte sich im Sessel zurück, wartete ein paar Augenblicke, während derer es totenstill in der Klasse war, neigte sich dann nach vorn und sagte laut und vernehmlich: „Gewährt!"

„Danke, Herr Präsident!", sagte Will und drehte sich zur Klasse. „Ich bitte euch alle um Verzeihung, dass ich unseren gemeinsamen Beschluss nicht beachtet habe. Ich…"

„Moment!", unterbrach ihn Alexander. „Ist ‚nicht beachtet haben' die zutreffende Formulierung?"

„Danke, Herr Präsident, für die Hilfe!", beeilte sich Will zu sagen. „Ich meinte: Ich bitte um Verzeihung dafür, dass ich aus Gier unsere hehren Grundsätze brechen wollte. Ich schäme mich dafür!" Will hielt dabei den Kopf gesenkt.

„Findest du unseren Beschluss immer noch richtig?", fragte Alexander. „Oder…"

„Nein, nein! Ich finde ihn ganz toll. Ich weiß selbst nicht, was mit mir los war."

Frau Bochem hob die Hand. Alexander erteilte ihr das Wort.

„Ich möchte von dir, Will, wissen, ob du schon in das Brot hineingebissen hast!"

„Nein! Zum Glück hat mich Christian davor bewahrt. Christian, auch bei dir möchte ich mich für die freundschaftliche Hilfe bedanken und den Herrn Präsidenten bitten, dich dafür zu belohnen!"

Alle schauten auf Alexander, der nach einer kurzen Pause anfing zu reden: „Wachsamkeit muss belohnt werden! Wer ein Vergehen eines anderen kennt und dann vor uns verheimlicht, ist nicht besser als der Übeltäter selber. Christian, du hast das Vergehen selbst herausgefunden und dann unserem Jungen-Obmann Jens mitgeteilt. Jens, geh bitte an die ‚Wand des Ruhms'!"

Die Wand des Ruhms

Jens lief zur Klassenwand, auf der in großen Buchstaben offensichtlich alle Namen der Klasse verzeichnet waren. Hinter den meisten Namen klebten dicke, gelbe Punkte, hinter einigen rote Punkte, hinter einigen nichts.

„Was ist das?", fragte Vanni Frank.

„Das ist die Wand des Ruhms!", flüsterte Frank. „Jeder gelbe Punkt bedeutet ein Vergehen leichterer Art, jeder rote Punkt ein schweres oder drei leichte Vergehen!"

„Warum heißt die Wand denn nicht ‚Wand der Schande'?"

„Das ist viel zu negativ. Wir haben beschlossen, dass wir alles positiv sehen, um die Schwächeren zu größerer Stärke zu erziehen. Hinter einigen Namen sind keine Punkte, das bedeutet Ruhm für sie. Alle können an ihren Punkten ablesen, wie weit ihr Weg noch bis zum Ruhm ist."

Belohnungen

Jens war inzwischen an der ‚Wand des Ruhms' angekommen. Alexander fing wieder an zu reden. „Christian, deine Belohnung soll sein, dass ein gelber Punkt hinter deinem Namen weggenommen wird. Herzlichen Glückwunsch! Bald gehörst du auch zu den Unbefleckten!"

„Das sind die, die keinen Punkt hinter ihrem Namen haben", raunte Frank Vanni zu.

„So, wie du!", raunte Vanni zurück.

Frank nickte.

Die Klasse spendete Applaus, als der gelbe Punkt hinter Christians Namen durch Jens entfernt wurde.

Christian war aufgestanden und sagte stolz: „Danke, Herr Präsident, für die Belohnung."

„Du hast sie verdient! Ich hoffe, dass viele dir nacheifern werden!", sagte Alexander.

Mara räusperte sich und rief dann laut: „Will, du darfst jetzt eine Belohnung für dich vorschlagen, weil du ja unseren Beschluss immer noch gut findest!"

Will sah zuerst in die Klasse, dann zum Präsidenten. Dann sagte er laut: „Ich möchte meinen Geist von unreinen Gedanken und

Wünschen reinigen, die mein Körper verschuldet hat. Deswegen soll mein Körper nach Nahrung verlangen. Wenn er zwei Tage gar nichts bekommt, wird er sich danach sehnen. Für seine Bereitschaft zur Veränderung seiner Vorlieben darf dann der Körper am dritten Tag wieder essen - natürlich nur Vegetarisches."

Vanni sah zu Frank: „Ich verstehe das nicht! Was ist mit den beiden nächsten Tagen?"

„Will hat vorgeschlagen, dass er dann nichts isst!"

„Aber das ist doch eine schlimme Strafe!"

„Nein! Der Körper wird ja nach zwei Tagen mit Essen belohnt, weil er einen anderen Geschmack entwickelt hat."

Will fuhr fort: „Ich bitte Sie, Herr Präsident, mich nicht nur mit einem, sondern mit zwei gelben Punkten zu belohnen, damit ich mich besser anstrengen kann, ein Unbefleckter zu werden. Einen Punkt davon möchte ich von Christian, aus Dankbarkeit."

„Sucht er sich seine Strafe selber aus? Bedankt er sich dafür, dass seine Bestrafung genehmigt wird?", fragte Vanni irritiert.

„Strafen gibt es nicht!", wiederholte Frank.

„Gewährt!", rief der Präsident in die Klasse, die daraufhin applaudierte.

Mara ergriff wieder das Wort: „Die Obfrau der Mädchen, Lena, möchte nun einen Fall bei den Mädchen vortragen. Bitte, Lena!"

Das Leibgericht

Lena stellte sich vor die Klasse und begann: „Bei Brigittes Kontrolle unserer Freundschaftsbücher ist ihr aufgefallen, dass ein Mädchen als Lieblingsspeise ‚Gebratenes Kaninchen mit Kartoffelgratin, hingeschrieben hat. Wir geben jetzt dem Mädchen die Chance, sich freiwillig zu melden, als erstes Zeichen der Reue."

„Sie kann doch schreiben, was sie will, oder?", wandte sich Vanni an Frank.

„Nicht, wenn es gegen unsere Beschlüsse ist!",
war seine Antwort.

Alle warteten gespannt darauf, wer sich melden
würde. Aber keines der Mädchen hob den
Finger oder stand auf.

„Jetzt haben wir lange genug gewartet. Feige ist
die Übeltäterin auch noch!", rief Lena wütend in
die Klasse. „Steh sofort auf!"

Da fiel ihr Alexander ins Wort: „Lena, solche
Urteile und Aufforderungen stehen dir nicht zu,
sondern nur dem Präsidenten, also mir!"

„Entschuldigung, Herr Präsident. Wenn einer
unserer Sache so schadet, dann sehe ich rot!"

„Wenn du dich nicht beherrschen kannst, dann
ist es tatsächlich möglich, dass du beim nächsten
Mal rot siehst!", entgegnete Alexander, indem
er auf die ‚Wand des Ruhms' zeigte, und ein
drohender Unterton war deutlich zu erkennen.
Man konnte deutlich sehen, dass Lena blass
wurde.

„Mit einem roten Punkt könnte sie nicht mehr
Obfrau sein!", flüsterte Frank Vanni zu.

„Es sei dir aber noch einmal verziehen!", fuhr Alexander fort. „Bitte, Brigitte, teile uns mit, um wen es sich handelt!"

„Das hat Julia geschrieben!", sagte die Lehrerin.

„Steh bitte auf, Julia!", forderte Alexander Julia auf.

„Nein!"

Die Klasse hielt den Atem an, alle schauten auf den Präsidenten, wie er sich nach dieser unerhörten Antwort zu verhalten gedachte.

Der brachte nur ein heiseres „Warum nicht?" heraus.

„Weil ich das nicht geschrieben habe!", sagte Julia fest.

„Willst du damit sagen, dass ich lüge?", schrie von hinten Brigitte jetzt mehr als sie sprach.

„Ich habe nur über mich gesprochen, nicht über dich!", antwortete Julia.

„Wir können das ja überprüfen!", schrie Brigitte jetzt ungehemmt. „Anna lies vor, was Julia in dein Freundschaftsbuch eingetragen hat."

„Bitte, ich möchte das nicht!", sagte Anna leise.

„Du liest jetzt vor, und zwar sofort!", schrie Alexander sie plötzlich an.

Anna zuckte zusammen, klappte ihr Freundschaftsbuch auf und las sehr leise vor: „Hase mit Kartoffelpüree!"

„Seht ihr!", rief Brigitte.

„Das ist aber etwas Anderes als das, was du eben gesagt hast!", sagte Julia laut.

Das war nicht von der Hand zu weisen. Die Jugendlichen hatten sich mittlerweile umgedreht und schauten neugierig auf Brigitte, um zu sehen, wie sie reagierte.

„Hase oder Kaninchen, Püree oder Gratin, das ist doch ganz egal! Es geht darum, dass du ein ermordetes Tier essen willst. Und das ist sogar deine Leibspeise, igitt igitt. Du verstößt gegen euren Beschluss! Gibst du das jetzt endlich zu?" Brigitte hatte vor Wut und Aufregung inzwischen ein knallrotes Gesicht.

„Nein!"

„Und wieso nicht?", schrien jetzt Brigitte, Alexander und Lena nahezu gleichzeitig.

„Wer sagt denn, dass ich das esse? Ich habe nur geschrieben, dass ich es am liebsten mag, nicht aber, dass ich es esse. Vor unserem Beschluss habe ich es gegessen, danach nicht mehr. Ich kann ja keine Belohnung erhalten für das, was ich gar nicht mehr tue!"

Alexander sah betroffen zu Brigitte, die aber auch zunächst nichts sagte. Es entstand eine unangenehme Stille, in die Brigitte schließlich laut rief: „Wie bei jeder Hauptversammlung erfolgt jetzt eine Unterbrechung durch eine Stunde Mathematik. Wie sonst auch, nehmen wir die Hauptversammlung danach wieder auf."

5. Die Rechenschnecken

Eine neue Schülerin?

Nach der Ankündigung von Brigitte, dass jetzt eine Mathestunde eingeschoben würde, sprang Frank neben Vanni auf und lief zurück zu seinem Platz.

„Danke, Frank!", rief Vanni hinter ihm her, doch der schien es nicht zu hören.

Auch die vier Jugendlichen, die sich vor die Klasse gestellt hatten, saßen nun wieder auf ihren Plätzen, Brigitte stand wieder vor der Klasse.

Da meldete sich Kim. „Darf ich mich während der Mathestunde neben die Gastschülerin setzen, damit sie sich nicht so allein fühlt, Frau Bochem?", fragte sie.

Vanni spürte, wie ihr heiß und kalt wurde. Kim hatte sie doch erkannt!

„Ja, Kim, ausnahmsweise darfst du das, denn sonst spielst du sowieso nur die beleidigte Schönheit! Aber dass du Vanessa nichts vorsagst!", sagte Frau Bochem in scharfem Tonfall.

Vanni jubelte innerlich. Aber sie gab nach außen nichts zu erkennen, weil sie sich unsicher war, was das für Folgen hatte.

Kim hatte sich inzwischen neben sie gesetzt.

„Was bin ich froh, dass ich dich gefunden habe, liebe Kim! Endlich sehen wir uns wieder!", raunte Vanni ihr zu.

„Was redest du? Wir haben uns doch noch nie gesehen! Und so vertraut miteinander, wie du tust, sind wir auch wieder nicht."

„Ja, kennst du mich denn gar nicht? Ich bin es doch, deine Freundin Vanni."

„Woher soll ich dich kennen? Bis heute habe ich dich nie gesehen! Und um dich meine Freundin zu nennen, ist es vielleicht ein wenig zu früh!"

Vanni schwieg betroffen. „Was ist nur passiert?", dachte sie.

Ein strenger Blick der Lehrerin machte ihr klar, dass sie jetzt keine weiteren Fragen mehr an Kim stellen durfte.

Die Rechenschnecke

Alexander zeigte auf: „Frau Bochem, können wir heute die „Rechenschnecke" mit Revanche spielen?"

Gerade wollte Vanni an Kim eine Frage stellen, als ein Blick vom Frau Bochem sie zum Schweigen brachte. „Du wirst schon sehen, was das ist! Und merk dir: Ohne meine Erlaubnis wird nicht geredet!", sagte sie scharf.

„Alle aufstehen!", kommandierte sie laut. „Es gelten dieselben Regeln wie immer. Wer die Kopfrechenaufgabe gelöst hat, zeigt auf. Der mit der schnellsten richtigen Lösung darf sich setzen. Am Schluss bleibt die Rechenschnecke übrig."

Der erste Durchgang

Alle standen von ihren Plätzen auf und die Lehrerin stellte sofort die erste Aufgabe. Sie hatte kaum ausgesprochen, als Kim aufzeigte. Alexander zeigte als Zweiter auf, danach wartete Frau Bochem noch, bis einige weitere aufgezeigt hatten.

„Bitte, Alexander, du hast als erster aufgezeigt! Wie lautet die Lösung?"

„Aber, Brigitte, hast du nicht gesehen, dass Kim zuerst aufgezeigt hat!", rief Vanni aufgeregt in die Klasse.

Alle Schüler der Klasse drehten sich zu ihr hin.

„Was fällt dir ein, mich zu duzen, du vorlautes Gör, und mich auch noch belehren zu wollen? Darüber reden wir noch!", presste die Lehrerin mit wutunterdrückter Stimme hervor, um sofort danach freundlich Alexander aufzufordern das Ergebnis zu nennen.

„Das ist leider nicht ganz genau! Kim war die zweite, bitte dein Ergebnis!"

Kim nannte ihr Ergebnis.

„Das ist richtig. Du darfst dich setzen, Kim, und du auch Alexander, weil du der Schnellste warst und du nur einen kleinen Fehler gemacht hast."

Keiner widersprach.

Dann wurden weitere Aufgaben gestellt.

Irgendwann, als ungefähr die Hälfte der Jugendlichen bereits saß, war Vanni die Schnellste. Frau Bochem kommentierte das mit den Worten: „Vorlauten Unsinn kannst du jedenfalls schneller in die Klasse rufen als rechnen!"

Vanni senkte den Kopf und war ganz verwirrt. Wieso verhielt sich Frau Bochem so verschieden im Vergleich zur Hauptversammlung?

Als sie sich setzte, hörte sie, wie Kim mit halb abgewandtem Gesicht flüsterte: „Das war kein vorlauter Unsinn, sondern die Wahrheit!"

Frau Bochem stellte bereits weitere Aufgaben, bis schließlich nur noch Christian, Julia und Anna übrigblieben.

„Du bist ja heute nicht gut in Form!", meinte Frau Bochem zu Christian. „Wie kommt das?"

„Ich muss immer daran denken, wie ich Will erwischt habe und wie ich heute belohnt worden bin. Deswegen kann ich mich nicht richtig konzentrieren!"

„Das ist verständlich, das war sehr aufregend für dich! Du darfst dich hinsetzen!"

Während Christian sich bedankte, raunte Kim: „Er kann nicht gut Mathe!"

„So, jetzt haben wir euch beide noch. Die eine weiß alles besser, wovon man hier aber nichts merkt, nicht wahr, Julia? Die andere will nichts sagen, oder kann sie nichts sagen? Was meinst du dazu, Anna?"

Die beiden Angesprochenen schauten stumm auf die Lehrerin, die nun eine besonders lange und schwierige Aufgabe stellte. „Nun, wie lautet die Lösung?", fragte sie, erhielt aber keine Antwort.

„Heute haben wir einen besonderen Fall!", rief sie triumphierend in die Klasse. „Es gibt zwei Rechenschnecken!"

Fast alle lachten, Kim und einige Jugendliche nicht, auch nicht Mara, wie Vanni bemerkte.

Julia und Anna kämpften mit den Tränen.

„Wer hat sich für heute einen besonders lustigen Spruch für die Rechenschnecke ausgedacht?", wollte Frau Bochem wissen.

Christian zeigte auf und sagte: „Ich habe meinen Spruch schnell auf zwei Rechenschnecken umgedichtet!"

Dann trug er vor:

„Rechenschnecken, ihr seid so dumm,

das bringt die besten Rechner um.

Nicht sie sollen sterben, Schnecken,

sondern ihr: Ihr sollt verrecken!"

Ein brüllendes Gelächter brach los, in das auch Frau Bochem einstimmte.

Die beiden Mädchen hatten sich jetzt hingesetzt, Julia war ziemlich blass, Anna liefen Tränen die Wangen hinab.

Der zweite Durchgang

„Fertig für die Revanche!", kommandierte Frau Bochem. „Christian, du darfst sitzen bleiben als Belohnung für dein Engagement."

Alle waren nun gespannt, ob Alexander oder Kim zuerst aufzeigte und die richtige Lösung parat hatte. Kaum war die Lehrerin mit der Aufgabenstellung fertig, raunte Kim Vanni die Lösung zu.

„Willst du etwas sagen oder dich melden, Kim?", fragte Frau Bochem, als sie das bemerkte.

„Nein!", sagte Kim.

Ein anderer Junge, Akim, meldete sich noch vor Alexander und nannte das richtige Ergebnis.

Vanni konnte sich keinen Reim auf Kims Verhalten machen. Sie konnte sie aber jetzt auch nicht nach ihren Motiven fragen.

Kim zeigte nach keiner gestellten Aufgabe auf, auch wenn die Antwort der anderen noch so lange auf sich warten ließ. Schließlich waren sie und Anna die Letzten. Als Anna bei der letzten Aufgabe offensichtlich die Lösung nicht wusste, meldete sich Kim und präsentierte eine völlig falsche Lösung. Nach den Regeln hatte sie damit gegen Anna verloren, die sie dankbar ansah.

„Das machst du doch absichtlich!", schrie die Lehrerin.

„Meine Motive spielen keine Rolle! Ich bin die Rechenschnecke und möchte ausgelacht werden, wie die anderen auch. Hat sich einer einen witzigen Vers ausgedacht?", fragte Kim in die Klasse.

In der Klasse wurde es totenstill. Jeder wusste, dass Kim die Beste in Mathe war.

„Los, Christian, lies vor! Darin bist du doch so gut!"

Als Christian sich nicht rührte, fuhr sie fort: „Dann hab ich was für dich!

‚Christian kann nicht dividieren,

aber sehr gut denunzieren,

und von allen Rechenschnecken,

kann er am besten Speichel lecken!'"

Danach herrschte atemlose Stille.

Frau Bochem schnappte nach Luft. „Willst du dich über uns alle lustig machen?", keifte sie.

„Nein! Ich möchte, dass sich alle über mich lustig machen!"

„Du kriegst von mir ein Ungenügend, vielleicht findest du das lustig!", schrie Frau Bochem erbost.

„Ja, das finde ich lustig!", antwortete Kim.

„Ich auch!" Akim hatte das in die Klasse gerufen und begann sogleich laut zu lachen.

Im nächsten Augenblick brüllte die Klasse vor Lachen, das auch anhielt, als die Lehrerin „Ruhe!" schrie.

Mit hochrotem Gesicht stürmte Frau Bochem schließlich aus der Klasse, und, während das Gelächter anhielt, schrie sie noch an der Tür: „Das wird Folgen haben!"

6. Die ‚Wand des Ruhms'Unbekannte

Als Frau Bochem die Klasse verlassen hatte, verebbte das Gelächter ziemlich rasch. In der jetzt entstehenden Pause fand Vanni erst Zeit, ihre Lage zu überdenken. Nachdem sie Kim erblickt hatte, war ihr Erschrecken einer stillen Freude gewichen, dass sie tatsächlich da war, wo auch Kim war. Und die saß jetzt neben ihr!

Da rannte Anna auf Kim zu und fiel ihr um den Hals.

„Kim, du hast mich gerettet! Noch mal die Letzte zu sein, hätte ich nicht ertragen können!"

„Anna, du und Julia, ihr seid wirklich schlecht in Mathe. Ihr müsst jetzt jeden Tag Mathe üben! Versprochen?"

Anna und Julia, die danebenstand, versprachen das hoch und heilig. „Aber manchmal verstehen wir das nicht!", flüsterte Anna danach.

„Dann müsst ihr euch eben mal ein bisschen anstrengen!", sagte Kim ziemlich laut.

Fragen

„Warum hast du dich neben mich gesetzt?",
fragte Vanni Kim.

„Ich hatte die Hoffnung, dass du mit einigen
Sachen hier nicht einverstanden bist!",
antwortete Kim.

„Ich bin mit fast gar nichts einverstanden!
Vieles verstehe ich auch nicht. Vielleicht kannst
du mir Antworten darauf geben."

„Dann frag!", lächelte Kim.

„Warum dürft ihr die Lehrerin mal duzen und
ein anderes Mal nicht?"

„Das Duzen ist nur während der
Demokratiestunden erlaubt, nicht im normalen
Unterricht!"

„Aha! Warum hat keiner etwas zu meinen
Hobbies gesagt?"

„Wir unterscheiden zwischen wertvollen
Hobbies, belanglosen Hobbies und gefährlichen
Hobbies. Wir dürfen nur Beifall klatschen oder
Fragen stellen, wenn es mit dem Schutz der

Umwelt etwas zu tun hat! Nur das sind die wertvollen Hobbies. Du hast belanglose Hobbies. Das ist übrigens auch meine Meinung!"

„Wie könnt ihr das sagen? Ihr wisst doch gar nichts von meinen Hobbies!"

„Frag lieber weiter, solange es noch geht!"

„Warum hängen so viele Zettel an der Wand?"

„Jetzt im zweiten Teil der Versammlung lesen diejenigen Mitschüler, aber auch Lehrer, die für heute Zettel geschrieben haben, diese Zettel vor. Man kann auf ihnen andere kritisieren oder loben, sowohl Mitschüler als auch Lehrer. Die Versammlung beschließt dann, ob die Zettel aufgehängt werden und für wie lange. Jeder kann sie dann eine Zeit lang lesen."

Vanni war neugierig, was auf den Zetteln stand, und lief zu rückwärtigen Wand. Die Zettel hatten die Größe einer Buchseite. Sie waren mit Druckbuchstaben beschrieben, die meisten waren bunt. Vanni fiel sofort auf, dass viele Frau Bochem oder ihren Unterricht lobten: „Frau Bochem ist die netteste Lehrerin der Welt!", „Der Mathe-Unterricht von Frau Bochem ist der beste von allen!", und ähnliche Sätze standen dort, immer von ihrem Verfasser unterschrieben.

Kim, die Vanni begleitet hatte, wies auf einen Zettel hin, der von ihr unterschrieben war: „Bei Frau Bochem lerne ich in Mathe sehr viel!"

Vanni blickte sie fragend an. „Ich habe nichts gegen die Mathe, die sie macht. Ich habe auch nichts gegen Vegetarier, ich bin selber sogar Veganerin, aber wie sie uns behandelt, dagegen habe ich was!"

„Gibt es hier veganes Essen bei den Mahlzeiten?", wunderte sich Vanni.

„Nein, nur vegetarisches nach Wunsch. Unsere ganze Klasse hat sich für vegetarisches Essen entschieden. Ich esse davon nur die veganen Teile. Mein Vater hat mit der Küche abgesprochen, dass ich jeden Morgen ein Zusatzpaket mit veganen Lebensmitteln erhalte. Das weiß aber bis jetzt außer dir keiner und sag es auch bitte nicht weiter."

Kim wies noch auf einen weiteren Zettel hin, auf dem stand: „Ich möchte Peer kritisieren. Oft, wenn er mit Mädchen spricht, wird er rot im Gesicht. Dabei ist er der größte und stärkste Junge der Klasse. Der soll sich das abgewöhnen!" Unterschrieben hatte den Zettel Lena.

„Seitdem sagt er fast gar nichts mehr!", bemerkte Kim. „Aber Lena hat schon Recht, der ist schon peinlich! Ich habe auch an dich Fragen. Woher kommst du so plötzlich und warum bist du zu uns gekommen? Wieso sagst du, dass du mich kennst?"

Die Abstimmung

In diesem Augenblick betrat Frau Bochem mit der Schulleiterin den Raum. Alle erhoben sich zur Begrüßung von ihren Sitzen, Kim und Vanni liefen etwas zu spät zu ihren Sitzen zurück. Vanni fehlte die Zeit, um auf Kims Fragen zu antworten. „Später!", konnte sie ihr gerade noch zuraunen.

„Setzen!", rief die Schulleiterin. Sie schaute missbilligend auf Kim und Vanni, die jetzt erst an ihren Plätzen waren.

Sie entrollte ein riesiges Blatt und erklärte: „Ich möchte, dass dieses Plakat das ganze Schuljahr an der Wand hängen bleibt. Wer ist dagegen?"

„Können wir das Plakat nicht vorher sehen oder vorgelesen bekommen?", fragte Akim in die Klasse.

„Nein! Das ist nicht nötig!", zischte die Schulleiterin.

„Aber dann können wir doch gar nicht entscheiden, ob wir dafür oder dagegen sind. Das ist doch nicht demokratisch!", wandte Akim ein.

Die Stimme der Schulleiterin wurde sehr laut.

„Das ist ja allerhand, Akim! Deine Familie kommt aus Syrien, einem Land mit Diktatur. Du bist kostenlos auf unserer Schule, das habe ich durchgesetzt. Und jetzt willst du mich belehren, was Demokratie ist. Schämst du dich eigentlich nicht? Aber du kannst ja dagegen stimmen!"

Akim setzte sich betroffen hin. Während des weiteren Verlaufs der Versammlung meldete er sich nicht mehr zu Wort.

„Ich bin dagegen! Ich bin in Deutschland geboren und habe hier auf der Schule Demokratiestunden und gelernt, was Demokratie ist!" Kim war aufgestanden.

„Ich bin auch dagegen!" Vanni stand ebenfalls auf.

„Du hast hier gar nichts zu sagen!", fuhr die Schulleiterin Vanni an. „Du weißt, dass du nur hier als Gast aufgenommen worden bist. Wenn du dich nicht als Gast benimmst, bist du sofort wieder draußen!"

Dann wandte sie sich an Kim.

„Von dir habe ich nichts anderes erwartet. Du sollst sogar dagegen stimmen. Wer sich so benehmen will, wie du, der kann auch dagegen stimmen. So, wer stimmt sonst noch dagegen?"

„Du nicht!", flüsterte Kim noch schnell Vanni zu und drückte sie mit ihrer Hand nach unten. Sie selbst stand noch als Einzige.

„Damit habt ihr beschlossen, dass das Plakat das ganze Jahr über an der Wand hängen bleibt."

Die Schulleiterin stand auf, lief nach hinten und hängte das Plakat auf.

„Lesen könnt ihr ja selber! Für heute ist die Hauptversammlung beendet. Denkt darüber nach, was ihr gelesen habt! Jeder schreibt hin, was er gelernt hat. Wir sehen uns in einer Stunde beim Mittagessen. Ich möchte, dass bis dahin von eurem Präsidenten alle Zettel eingesammelt und mir von ihm übergeben werden. Morgen haben wir wegen der Wichtigkeit des Vorfalls nochmal eine Hauptversammlung."

Kaum hatten die Schulleiterin und Frau Bochem die Klasse verlassen, rannten fast alle nach hinten, wo das große Plakat hing. Die Buchstaben waren so groß, dass man auch aus größerer Entfernung den Text lesen konnte und die Schulleiterin hatte es auch hoch genug aufgehängt.

Alexander rief plötzlich in die steigende Unruhe hinein: „Ich lese den Text jetzt für alle vor!" Er stellte sich mitten vor das Plakat und begann ohne Umschweife vorzulesen.

„Die Klasse 9c hat folgende schwerwiegende Verfehlungen begangen:

Gegenüber der Schule:

den Gedanken der Demokratie abgelehnt

Gegenüber der Lehrerin:

ihr frech widersprochen

ihr nicht gehorcht

sie durch Gelächter beleidigt

Gegenüber der Klasse:

eigene Beschlüsse missachtet

Gegenüber anderen Mitschülern:

einen Mitschüler mit einem Schmähgedicht gemobbt

Gegenüber den Eltern:

die gute Erziehung verleugnet

Beantwortet 3 Fragen schriftlich:

1. Wer waren die Haupt-Übeltäter?

2. Schreibt auf, was ihr durch diesen Vorfall gelernt habt!
3. Was schlagt ihr vor zu tun, damit wir alle diesen Vorfall vergessen?

Die besten Antworten werden neben dieses Plakat gehängt! Was aufgehängt wird, entscheidet die Klasse!

Wir haben jetzt eine halbe Stunde Zeit, die drei Fragen zu beantworten. Dann sammele ich die Zettel ein und bringe sie der Schulleiterin!", beendete Alexander sein Vorlesen.

„Komm, wir gehen!", murmelte Kim zu Vanni.

„Willst du nichts schreiben? Ich schon!", entgegnete Vanni.

„Natürlich schreiben wir was, aber erst heute Nachmittag!"

„Aber wir sollten doch…"

„Lass mich nur machen!", unterbrach sie Kim.

7. Die Kampfansage

Gegenseitiges

„Erzähl mir lieber etwas von dir!", forderte Kim Vanni auf.

Da erzählte Vanni, dass sie aus einer anderen Welt käme, in der sie, Kim, Lynn und Mark die besten Freunde gewesen seien. Jene Welt habe Kim wegen eines drohenden Unheils verlassen, um in diese Welt zu fliehen. Und jetzt sei sie, Vanni, gekommen, um sie, Kim, wiederzusehen. „Ich bin so froh, dass ich dich gefunden habe! Denn du kannst mit deiner Familie wieder zurückkommen!"

Kim sah Vanni im Laufe ihres Berichts immer skeptischer an und unterbrach sie schließlich. „Ich habe dir schon mal gesagt, dass ich dich nicht kenne und heute zum ersten Mal gesehen habe. Ich finde dich mutig und sympathisch. Aber wenn wir Freundinnen werden wollen, musst du mit diesem ärgerlichen und lächerlichen Blödsinn aufhören. Ich kann dieses Gerede von ‚einer anderen Welt' einfach nicht mehr hören, das ist doch alles esoterisches

Geschwafel! Wahrscheinlich soll in der anderen Welt alles besser sein, du bietest mir ja sogar an, dass ich und sogar meine Familie dahin ‚zurückkehren' können, obwohl wir noch nie dort waren. Also jetzt ist Schluss damit, versprochen?"

„Darf ich dir noch eine Frage stellen, bitte!", bat Vanni fast flehentlich. Kim merkte, dass das für Vanni ganz wichtig war, und nickte.

„Ist dein Vater irgendwann einmal schwer verunglückt, so dass er lange Zeit arbeitsunfähig und an den Rollstuhl gefesselt war?"

„Mein Vater ist kerngesund und nie verunglückt, war auch nie arbeitsunfähig oder sogar an den Rollstuhl gefesselt. Wie kommst du darauf?"

Vanni konnte ihr ja nicht sagen, dass dies in ihrer Welt geschehen war. „Ach, Kim, das fiel mir nur so ein, ich war bloß neugierig, sei bitte nicht böse!" Dann wurde ihr schlagartig klar, dass Kim nie in eine Welt zurückkehren würde, in der ihrem Vater ein schlimmes Unglück widerfahren würde. Sie würde immer in der Parallelwelt bleiben. Tränen schossen in ihre Augen, von Kim nicht unbemerkt.

„Kim, ich verspreche dir, niemals mehr etwas von einer anderen Welt zu berichten, oder wie du sagen würdest, zu faseln. Ich werde in die andere Welt morgen wieder zurückkehren. Nur wenn du es von mir hören willst, dann sage ich noch etwas dazu, sonst nicht!"

Antworten

Kim lachte: „Dazu wird es nicht kommen! Ich bin froh, wenn ich von diesem mystischen Firlefanz verschont bleibe!" Sie fasste Vanni um die Schulter. „Aber jetzt reden wir von was Anderem, sonst heulst du gleich noch!" Vanni nickte und schniefte etwas dabei. „Wir überlegen uns, wie wir die Fragen der Schulleiterin beantworten. Am Schluss geben wir es als unsere gemeinsame Arbeit ab!" Vanni nickte wortlos.

Kim zog einen Zettel aus der Tasche. „Ich habe mir die Fragen abgeschrieben. Das musste aber so schnell gehen, dass ich selbst kaum meine Schrift erkennen kann. Die erste Frage lautete:

‚Wer waren die Hauptübeltäter?' Ich glaube, die meinen uns beide. Glaubst du auch, dass wir gemeint sind?"

„Kim, wir schaffen es sowieso nicht mehr, Alexander unsere Kommentare mitzugeben. Die 30 Minuten, nach denen wir abgeben sollten, sind schon längst vorüber! Es hat doch keinen Zweck mehr."

„Doch, gerade deshalb. Brigitte oder die Schulleiterin werden uns nach unserer Aufgabe fragen, weil wir abgehauen sind und sie glauben, dass wir nichts haben, weil wir nichts abgegeben haben. Dann lesen wir vor, und alle hören das, sie brauchen es noch nicht mal zu lesen. Und vor allem: Keiner kann unseren Beitrag vernichten, verschwinden lassen oder falsch vorlesen, weil wir ihn selbst vorlesen."

„Sie werden uns sowieso unterbrechen oder verbieten weiter vorzulesen", wandte Vanni ein.

„Wir müssen deswegen so kurz und treffend wie möglich formulieren, so dass sie keine Zeit haben, lange zu überlegen, ob sie uns das Weiterlesen verbieten sollen."

Verzicht

In 10 Minuten waren sie mit der Beantwortung der Fragen fertig, weil Kim sich die Antworten bereits überlegt hatte und Vanni sie nur noch hinzuschreiben brauchte. „Sollen wir unsere Meinung nicht etwas mehr begründen?", fragte Vanni nach der ersten Antwort. „Nein!", antwortete Kim. „Dann werden wir nicht mehr fertig und man kann uns leichter unterbrechen. Die Antworten reichen völlig aus!"

Das gemeinsame Mittagessen mit allen Schülern und Lehrern hatte schon begonnen. „Es ist üblich, dass die Schulleiterin sich jeden Tag zu einer anderen Klasse setzt. Neben ihr oder der Klassenlehrerin will keiner gern sitzen!", raunte Kim Vanni zu. Es waren jedoch nur noch die zwei unbeliebtesten Plätze frei. Dort nahmen Vanni und Kim Platz. Eine Frau aus der Küche brachte ihnen die Vorspeise, eine klare Brühe.

„Nehmen Sie das bitte wieder zurück in die Küche! Die Vorspeise ist bereits für alle serviert worden. Wer zu spät kommt, hat auf die Vorspeise verzichtet!", sagte die Schulleiterin so laut, dass man es im ganzen Speiseraum hören konnte.

Die Vorspeise wurde wieder zurückgebracht, dann wurde die Hauptspeise in Schüsseln auf den Tisch gestellt. Alle bedienten sich, nur Kim nicht.

„Was hast du? Ist dir schlecht?", fragte Vanni besorgt.

Die Schüler, die am selben Tisch saßen, beobachteten interessiert, was passierte.

„Nein!", sagte Kim ziemlich laut. „Ich möchte, nachdem andere für mich verzichtet haben, jetzt für mich selbst verzichten!"

Die Schulleiterin wurde wütend. „Du unverschämtes Gör! Du willst mich wohl provozieren! Sofort isst du jetzt dein Essen!"

„Nein! Sie können mich nicht zwingen zu essen!"

Mittlerweile war es totenstill im Speiseraum geworden. Jeder, auch die Schulleiterin, begriff, dass es sich hier um einen Machtkampf handelte.

„Wenn du jetzt dein Essen verweigerst, dann erhältst du heute Abend und morgen den ganzen Tag zur Strafe auch kein Essen!" Die Schulleiterin hatte mittlerweile einen hochroten Kopf vor Empörung.

„Es gibt keine Strafen, sondern nur Belohnungen!", sagte Kim in die Stille.

„Dann ist es eben eine Belohnung!", schrie die Schulleiterin fast.

„Ich möchte auch belohnt werden!" Das war Vanni, die mit diesen Worten den schon vollgepackten Teller von sich wegschob.

Die Schulleiterin schnappte nach Luft. Ihr war klar, dass sie den Wunsch nach Belohnungen nicht verbieten oder bestrafen konnte, zumal wenn es keine Strafen gab.

„Dann wirst du eben auch so belohnt wie Kim! Wenn ihr nicht essen wollt, könnt ihr auch draußen warten, bis wir fertig sind. Verlasst sofort den Raum, bis ihr wieder hereingeholt werdet!"

Kim und Vanni standen auf und verließen den Raum.

„Morgen bin ich während eurer Hauptversammlung sowieso anwesend. Dann werden wir auch über dieses Thema sprechen. Nach dem Essen bleiben bitte die Schüler der Klasse von Frau Bochem noch alle sitzen. Wir müssen dann noch etwas Wichtiges erledigen."

Danach wandte sie sich ihrem Essen zu.

Nach dem Essen wurden Kim und Vanni hereingeholt. Sie mussten sich an einen separat aufgestellten Tisch setzen, den alle Schüler ihrer Klasse gut sehen konnten.

Diesmal ergriff Frau Bochem das Wort. „Wir müssen in einem schwerwiegenden Fall von Pflichtverletzung entscheiden!", begann sie. „Ihr solltet drei Fragen zu den Vorkommnissen heute morgen kommentieren und diese Kommentare nach einer halben Stunde eurem Präsidenten übergeben, der mir diese dann bringen sollte. Alexander hat mir die Kommentare überbracht, aber zwei fehlen. Zwei aus der Klasse haben sich also geweigert zu arbeiten und haben nichts gemacht. Diese beiden sind Kim und Vanessa!"

Alle starrten auf den Tisch vor ihnen, an dem die beiden saßen. In die Stille sagte Kim laut: „Das stimmt nicht ganz!"

„Was stimmt nicht ganz?" Frau Bochems Stimme wurde merklich lauter.

„Alexander hat von uns tatsächlich unsere Kommentare nicht erhalten, aber wir haben trotzdem zusammen Antworten erarbeitet."

„Da bin ich ja mal gespannt, was ihr geleistet habt. Viel kann es ja nicht sein. Lest mal eure Antworten vor, vielleicht überraschen sie mich!"

„Das ist gut möglich!", entgegnete Kim.

Vanni begann: „Die erste Frage lautet: ‚Wer waren die Hauptübeltäter?' Das haben wir so beantwortet: ‚Die, die Zwang und Demütigung ausüben'. Zur zweiten Frage, was wir daraus gelernt haben: ‚Wir müssen uns dagegen wehren!' Die dritte Frage, wie wir den Vorfall vergessen können, haben wir so beantwortet: ‚Wir wollen ihn nicht vergessen.'"

Während des Vorlesens schnappte Frau Bochem zuerst hörbar nach Luft, aber bevor sie abbrechen konnte, hatte Vanni schon alles vorgetragen. Im Raum herrschte eine unheimliche Stille.

Frau Bochem hatte sich wieder halbwegs gefangen.

„Die Antworten sind ja alle falsch!", rief sie triumphierend. „Damit ihr alle seht, wie die richtigen Antworten lauten, lese ich jetzt die Antworten von Alexander vor, der auch so knapp formuliert hat, aber nicht so einen Blödsinn wie ihr Zwei geschrieben hat." Sie kramte in dem Stapel Zetteln herum und zog schließlich ein Blatt heraus. „Die Frage 1 nach den Hauptschuldigen wird mit ‚Kim und Vanessa!' beantwortet. Bei der Frage, was wir machen sollen, ist Alexander der Meinung, dass die beiden das zugeben sollen und als Belohnung für ihre Ehrlichkeit sich an der ‚Wand des Ruhms' einen roten Punkt wünschen dürfen. Dann meint Alexander, dass wir die Angelegenheit am ehesten vergessen, wenn wir sie jeden Schultag morgens nochmal kurz darstellen, sonst wissen wir ja nicht, was wir vergessen wollen. Der letzte Satz muss immer lauten: ‚Diesen Vorfall vergessen wir jetzt!' Alexander, das ist eine Bilderbuchlösung! Du kannst stolz darauf sein!"

Einige Schüler klatschten.

„Und was sagt ihr dazu?" Frau Bochem sah die beiden lauernd an.

„Ich muss zugeben, dass unsere Antwort zur Frage 1 unvollständig ist. Sie sollte noch mit ‚und die, die denunzieren und sich einschleimen' ergänzt werden. Außerdem schlage ich vor, dass Frau Bochem oder die Schulleiterin für uns schon die Antworten vorformulieren, dann machen wir es auf jeden Fall richtig!"

Einige Schüler klatschten, hörten aber auf, als sie das wütende Gesicht von Frau Bochem erblickten. Sie tuschelte kurz mit der Schulleiterin. Dann rief Frau Bochem in den Raum:

„Morgen entfällt in meiner Klasse die Fortsetzung der Hauptversammlung. Erst müssen wir noch einiges durchnehmen! Es ist also normaler Sonntagsunterricht ab 10 Uhr!"

Die Schulleiterin fuhr fort: „Die Mittagspause ist beendet. Heute am Samstag ist ja freier Nachmittag. Ausgang ist wie immer bis 19 Uhr. Wir sehen uns dann alle um 20 Uhr wieder zum Abendessen und zum Vortrag der Erlebnisberichte.

Kim und Vanessa, ihr bleibt heute Nachmittag in eurem Klassenraum. Ihr erhaltet heute eine spezielle Förderung zur Entwicklung eurer sittlichen Reife und Vervollkommnung eures Verhaltens in demokratischen Gemeinschaften. Dieser Lehrgang findet unmittelbar im Anschluss an die Mittagspause statt. Beim Abendessen müsst ihr anwesend sein und dann den Mitschülern von euren Fortschritten in eurem Verhalten berichten."

Alle verließen den Speiseraum. Vanessa und Kim eilten in ihren Klassenraum.

8. Die Redeschlacht

Anamnese

Als Kim und Vanni den Raum betraten, waren sie zunächst allein, doch bald stießen einige weitere Schüler ihrer Klasse hinzu, nur Jungen. Als die Schulleiterin eintrat, erhoben sich alle von den Plätzen, nur Kim blieb sitzen. Vanni war aus Gewohnheit aufgestanden, sah jetzt, dass Kim saß und flüsterte: „Warum stehst du nicht auf?" „Lass mich! Ich weiß schon, was ich tue!" Vanni zuckte mit den Achseln.

Die Schulleiterin sah kurz zu Kim, sprach sie aber nicht an. Stattdessen wandte sie sich an die Klasse.

„Der Fördertag beginnt mit der Anamnese, die ich leiten werde. Dann wird der Rest des Förderlehrgangs durch Frau Bochem fortgeführt.

Anamnese bedeutet, dass ihr eure Verfehlung klar erkennt und auch zugebt. Diesen Teil werden wir mit einer Videokamera aufnehmen, damit wir später bei Bedarf darauf zurückgreifen können. Dann erst haben die anschließenden therapeutischen Maßnahmen von Frau Bochem Aussicht auf Erfolg. Nach der Veranstaltung muss jeder vor allen im Speisesaal beim Abendessen erläutern, was er gelernt hat. Wer will nun zuerst von seinen Verfehlungen berichten?"

In kurzen Abständen stellten die 6 Jungen ihre Verfehlungen vor: heimliches Rauchen, fehlende Hausaufgaben, Zuspätkommen, Kämpfe mit anderen Jungen. Die Schulleiterin stellte Fragen und die Jungen versuchten sie so genau wie möglich zu beantworten. Das Verhör endete damit, dass alle ihre Verfehlung zugaben, sie bedauerten und versprachen, die Ratschläge, die sie von Frau Bochem hören würden, genau zu befolgen.

Diskussion

Schließlich hatten Vanni und Kim als einzige noch nichts gesagt. Sie meldeten sich auch nicht. Die Schulleiterin wartete einige Zeit, verlor dann aber die Geduld und fragte barsch: „Wollt ihr nicht auch von euren Vergehen berichten?"

„Nein!", antwortete Kim.

Die Schulleiterin schnappte nach Luft: „Und wieso nicht?"

„Weil wir alles richtig gemacht haben!", rief Kim in den Raum.

„Das ist ja die Höhe! Ihr seid auch noch uneinsichtig!" Die Schulleiterin wurde ziemlich laut.

„Was haben wir denn falsch gemacht?", sagte Kim weiterhin ruhig.

„Nun gut! Da will ich euch mal mit ein paar Hinweisen auf die Sprünge helfen!", schnaubte die Schulleiterin. „Du bist z.B. eben nicht aufgestanden, als ich den Raum betreten habe!"

„Wir haben im Demokratieunterricht gelernt, dass wir das Bewusstsein entwickeln sollen, dass wir alle gleich sind. Das Aufstehen vor einem anderen symbolisiert aber Ungleichheit. Aufstehen ist also undemokratisch."

„Ich bin die Schulleiterin! Wenn ich den Raum betrete, habt ihr aufzustehen, und damit basta! Merk dir das!

Und was sagst du dazu, dass du bei der Rechenschnecke absichtlich verloren hast? Du wolltest die Klassenlehrerin provozieren!"

„In der Demokratiestunde haben wir gelernt, dass man sich auch in die Lage von Menschen versetzen muss, denen es nicht so gut geht, wie einem selbst. Ich habe mich in die Lage einer schlecht rechnenden Schülerin versetzt. Da ich selber ganz gut rechnen kann, war das eine wichtige Erfahrung für mich."

„Und warum hast du ein Schmähgedicht auf einen Schüler vorgelesen?"

„Ich wollte ihm dabei helfen, sich in die Lage von Menschen zu versetzen, die unter einem Schmähgedicht leiden. Er selbst hat nämlich ein Schmähgedicht auf zwei Schülerinnen verfasst. Ich habe ihm daher eine demokratische Erfahrung ermöglicht."

„Es hatte dir aber keiner erlaubt, deine Gedichte vorzulesen. Du kannst doch nicht einfach selbst entscheiden, was du vorliest. Das kann nur die Klassenlehrerin. Doch du bringst die Klasse dazu, ihre Lehrerin auszulachen. Warum?" Die Schulleiterin war empört.

„Die Lehrerin wollte der besten Mathe-Schülerin ein Ungenügend geben. Sie hat mich gefragt, ob ich das lustig finde. Ich finde das tatsächlich lustig, weil es absurd ist. Dass Frau Bochem das nicht lustig findet, ist eben ihre Sache. Die Klasse fand es jedenfalls, ebenso wie ich, lustig. Finden Sie das nicht auch lustig?"

„Du hast mir gar keine Fragen zu stellen! Wenn Frau Bochem das nicht lustig findet, habt ihr darüber auch nicht zu lachen! Damit ist das Thema erledigt. Nicht erledigt ist es allerdings, dass du dich über meine Anweisungen hinwegsetzt. Du hast dich geweigert zu essen, als ich es von dir verlangt habe!"

„Sie hatten mir zunächst verboten zu essen, kurze Zeit später haben Sie mir befohlen zu essen. Entweder Sie verbieten mir zu essen oder sie erlauben es mir. Anweisungen, die sich widersprechen, kann ich nicht beide erfüllen, ich habe mich für eine entschieden. Ich halte das für logisch, nicht für eine Verfehlung!"

„Und warum hat Vanni auch nichts gegessen?"

„Da müssen Sie sie selbst fragen!"

„Warum nicht, Vanni?"

„Ich wollte mit Kim solidarisch sein. Ich fand es nicht richtig, wie Sie mit ihr umgegangen sind!"

„Da haben wir's! Du wolltest offen gegen mich Stellung nehmen! Das ist eine unerhörte Verhaltensweise, die ich nicht hinnehmen werde!"

Kim mischte sich ein. „Vanni hat exakt dasselbe gemacht, wie ich. Es würde wohl für andere schwer verständlich sein, wenn Sie dasselbe Verhalten bei mir nicht bestraften, bei Vanni aber schon. Das würde als Ungerechtigkeit angesehen."

Es war einen Augenblick ruhig im Raum. Die Klassenkameraden von Kim saßen in atemloser Spannung auf ihren Plätzen und verfolgten die Diskussion. Alle Anwesenden merkten, dass die Schulleiterin offensichtlich nicht wusste, was sie sagen sollte.

Schließlich fuhr sie mit unterdrückter Wut fort: „Du warst die Einzige, die die Unverschämtheit besessen hat, gegen das Aufhängen meines Plakates zu stimmen. Gibst du das wenigstens zu?"

„Ich gebe zu, dass ich die einzige war, die dagegen gestimmt hat. Aber Sie wissen so gut wie ich, dass noch mehrere dagegen stimmen wollten. Sie haben sie unter Druck gesetzt, dass sie nicht dagegen stimmen sollten und diese Schüler haben ihrem Druck nicht standgehalten und deswegen nicht dagegen gestimmt. Dass ich also die Einzige war, die dagegen gestimmt hat, haben Sie verursacht."

„Als du gesehen hast, dass du die Einzige bist, die dagegen stimmen wird, hättest du ja, um eine einheitliche Meinung nicht zu zerstören, auch dafür stimmen können. Mit deiner einzigen Stimme konntest du sowieso nicht verhindern, dass das Plakat aufgehängt wird. Warum hast du das nicht getan? Ich will es dir sagen: Du wolltest mich wieder provozieren und meine Anordnungen infrage stellen!"

„Ich habe im Demokratieunterricht gelernt, dass der Sinn einer Wahl darin besteht, selbst etwas frei auszuwählen. Wenn mir einer sagt, was ich wählen muss oder wie ich abstimmen muss, und ich muss mich daran halten, dann ist das keine freie Abstimmung mehr. Wenn Sie unbedingt das Plakat aufhängen wollen, dann bestimmen Sie doch einfach, dass es aufgehängt wird. Wenn Sie aber zur Abstimmung stellen, ob es aufgehängt wird oder nicht, dann müssen Sie damit rechnen, dass einige dagegen sind, und ich verstehe nicht, was daran unverschämt sein soll. Und wenn ich die Einzige bin, die dagegen ist, dann vertrete ich diese Meinung eben als einzige, das ist mein gutes Recht. Ich werde meine Meinung höchstens durch Argumente verändern, aber nicht deswegen, weil ich die einzige bin, die so denkt."

„Du hast doch wohl auch gemerkt, dass ich das Plakat gerne aufhängen wollte. Es zeugt eben von deiner frechen Art, dass du den traurigen Mut besitzt, dich offen gegen mich zu stellen."

„Sie haben uns ja noch nicht einmal Zeit gelassen, zu prüfen, ob wir für oder gegen das

Plakat sind. Als Akim das wollte, haben Sie ihn in unfairer Weise mundtot gemacht. Wenn Sie uns aber gar nicht zeigen, wofür oder wogegen wir sein können, dann frage ich mich und jetzt Sie, warum Sie uns überhaupt angeboten haben, darüber abzustimmen!"

„Du willst mich offensichtlich erneut provozieren. Du weißt, dass ich und mit mir das gesamte Kollegium bestrebt sind, die Schülerschaft bei wichtigen Entscheidungen mit einzubinden."

„Sie wollen nur, dass wir dafür stimmen, was Sie richtig finden, nicht was wir richtig finden. Die 6 Jungen aus meiner Klasse, die jetzt hier sind, haben sich wirklich daneben benommen. Sie sind bestimmt damit einverstanden, dass sie dafür eine Strafe bekommen und die Sache ist damit erledigt, aber ich glaube nicht, dass sie gerne öffentliche Bekenntnisse ablegen und Reue heucheln wollen. Oder?", wandte sie sich an die Jungen. Die Jungen schauten sie wortlos an, einige nickten.

„Überhaupt bin ich dafür, dass dieses ganze lächerliche Punkte-System und diese blöde

Zettelwirtschaft abgeschafft werden! Oder?",
wandte sie sich wieder an die Jungen. Einige
Jungen begannen zaghaft zu klatschen, bald
klatschten immer mehr, bis fast alle 6 heftig
applaudierten, wobei einige johlten.

„Ich sehe, dass deine Unverschämtheiten
immer extremer werden und du sogar die
Schülerschaft gegen mich aufhetzt. Dagegen
werde ich etwas unternehmen. Die Folgen wirst
du bald spüren!", zischte die Schulleiterin.

„Die Veranstaltung ist heute für alle beendet!",
rief sie und verließ dann vor Wut bebend den
Raum.

9. Die Planung des Aufstandes

Bewunderung

Die Förderstunde war viel früher zu Ende als sonst, da die Schulleiterin sie ja abgebrochen hatte. Vanni und Kim liefen zuerst ziellos über den Hof, denn das Grundstück konnten sie nicht mehr verlassen. Dem Pförtner war es nicht erlaubt, zu dieser Zeit, wenn die Schüler an ihrem freien Nachmittag das durch eine hohe Mauer umschlossene Grundstück des Internats verlassen hatten, das Außentor für Schüler zu öffnen, die später die Anstalt verlassen wollten. Ebenso liefen die Jungen herum, und man konnte ihre Langeweile förmlich spüren, nachdem sie zunächst vor dem Gebäude aufgeregt über das Erlebte geredet hatten.

Die beiden Mädchen näherten sich schließlich der Jungengruppe, von denen einige bereitwillig zur Seite traten, damit die Mädchen ein Teil der Gruppe wurden. Lars, einer der Wortführer, sprach Kim direkt an: „Das war stark, wie du mit der Schulleiterin herumdiskutiert hast. Ich habe zwar nicht alles verstanden, was du gesagt hast.

Aber die Schulleiterin wusste manchmal nicht, was sie sagen sollte. Du traust dich allerhand!"

„Traust du dich auch allerhand? Oder findest du das nur bei anderen gut?", fragte Kim ihn leichthin.

„Wie meinst du das?"

„Ich meine, du könntest dich doch auch mal etwas trauen, oder deine Freunde hier!"

„Was denn?"

„Nun, ich hätte da schon eine Idee, aber ich weiß nicht, ob ihr den Mut dazu habt!"

„Wozu denn?" „Sag schon!"

Vanni merkte, dass einige unbedingt Kim gefallen wollten. Mit ihren langen, blonden Haaren und ihrer hochgewachsenen Figur sah sie sehr gut aus und wirkte auch älter als die Jungen. Sie wurde auch sicher wegen ihres Verstandes und ihrer Furchtlosigkeit bewundert.

Die Idee

Ohne das eigentliche Vorhaben zu verraten, begann Kim: „Man darf natürlich nicht erwischt werden. Wir müssen beweisen können, dass wir es nicht waren."

Dann wandte sie sich an Vanni. „Hast du mir nicht erzählt, dass du uns morgen wieder verlässt?"

„Ja, das stimmt!"

„Das finde ich zwar komisch, vor allem wie du das erzählst, aber das tut jetzt nichts zur Sache. Um wieviel Uhr gehst du?"

„Um 9 Uhr bin ich in der Klasse"

„Und wann gehst du?"

„Um 9!"

„Ich denk, du bist in der Klasse!"

„Bin ich auch, aber ich verschwinde dann!"

„Also um 9 bist du weg?"

„Ja!"

„Gut!" Kim hielt eine Weile inne. Dann fuhr sie fort, indem sie sich an die Jungen wandte: „Wie ihr wisst, ist unser Klassenraum nie abgeschlossen, das haben wir mal vor einiger Zeit beschlossen. Jeder kann also jederzeit rein- oder rausgehen. Jetzt mein Plan: Ihr geht in den Klassenraum und nehmt alles von der Wand des Ruhms und vernichtet es: die Punkte und die Namen, das Plakat der Schulleiterin und die anderen Zettel, die Protokolle der Hauptversammlungen und die Liste unserer Beschlüsse. Dann steht an der Wand nur noch: ‚Wir bestimmen über uns selbst.' Davon übermalt ihr einige Buchstaben, so dass danach dort steht: ‚Jeder bestimmt über sich selbst!' Alle Unterlagen von unseren gemeinsamen Sitzungen sind unwiederbringlich verschwunden."

Die Jungen und Vanni starrten Kim an. Schließlich sagte Vanni mit heiserer Stimme: „Ist das dein Ernst, Kim?"

Vannis Rolle

„Aber natürlich ist es das! Aber es kommt alles darauf an, dass wir nicht erwischt werden. Und da kommst du ins Spiel, Vanni. Unter den neuen Spruch: ‚Jeder bestimmt über sich selbst!' schreiben wir deinen Namen als Unterschrift. Dann denkt jeder, dass du das gewesen bist. Wenn wir fertig sind, dann gehst du allein ins Klassenzimmer, presst einen Stock unter die Türklinke, damit keiner mehr in das Klassenzimmer reinkommt. Dann lässt du die Jalousien herunter, damit keiner dich sehen kann oder das, was du vielleicht machst. Du machst natürlich gar nichts, weil wir schon vorher ganze Arbeit geleistet haben. Aber alle sollen denken, dass du alleine im Klassenraum bist und keiner weiß, warum. Wir besuchen nach unserer Arbeit Bekannte und Freunde, die uns dadurch ein sicheres Alibi geben. Erst um kurz vor 9 Uhr gehen wir alle zum Klassenraum. Wenn uns einer fragt, warum, dann sagen wir, dass wir dort gemeinsam etwas besprechen wollten. Vor der Klassenraumtür rufen wir dann, dass du doch die Tür öffnen sollst. Aber dann antwortest du ab 9 Uhr nicht mehr."

„Dann bin ich ja auch nicht mehr da!"

„Vanni, bist du sicher, dass das klappt?", versicherte sich Kim nochmal.

„Ja, um 9 Uhr verschwinde ich!"

„Was soll das heißen?", fragte einer der Jungen.

„Es soll heißen, was es heißt: Sie verschwindet aus dem geschlossenen Klassenzimmer!", sagte Kim, ohne die Antwort von Vanni abzuwarten.

„Das gibt es nicht!", stellte Lars fest.

„Ob es das gibt oder nicht, kann euch doch egal sein. Wenn sie nach 9 Uhr noch drin ist, dann hat sie uns belogen. Dann gilt sie eben als Haupttäterin. Aber sie behauptet ja, dass sie nicht mehr anwesend ist, es kann also nichts passieren. Wir werden jedenfalls nicht verdächtigt."

Lars wandte sich an Vanni. „Glaubst du wirklich diesen Schwachsinn?"

„Das ist kein Schwachsinn!"

„Nun, gut, wenn du meinst… Aber eine Frage habe ich noch: Warum sollen wir das tun?

Warum machst du, Vanni, das nicht tatsächlich allein?"

„Ich helfe euch, dass man euch, vor allem Kim, nicht bestrafen kann. Kim ist meine Freundin. Aber es ist euere Schule und ihr müsst schon eure Vorhaben selber erledigen. Außerdem bin ich nicht der Meinung, dass man so mit dem Problem umgehen soll!", antwortete Vanni.

„Warum nicht?", fragte einer der Jungen.

Der Beschluss

„Das ist doch jetzt egal! Jetzt geht es darum, ob ihr genügend Mumm in den Knochen habt, mitzumachen! Ja oder nein? Seid ihr ganze Kerle oder Feiglinge?" Kim rief dies laut in die Runde und fuhr fort: „Wer mitmacht, hebt den Arm!" Sie schaute jeden der Jungen einzeln an, bis alle Arme oben waren.

„Dann steht ja unserer Aktion nichts mehr im Wege!", seufzte Kim erleichtert. „Wir beginnen also morgen um 8. Dann wird noch keiner in den Klassenraum wollen, am Sonntag möchte alle ausschlafen. Zur Vorsicht stelle ich mich aber vor den Klassenraum. Falls doch einer kommt, werde ich ihn irgendwie ablenken, damit er den Klassenraum nicht betritt. Wenn ihr fertig seid, kommt ihr alle zusammen raus. Dafür planen wir 8.30 Uhr. Dann geht Vanni allein in den Klassenraum und verriegelt ihn, wie besprochen. Alles klar?"

Die Jungen nickten.

„Sehr gut! Wir müssen gleich sowieso zum Abendessen in den Speiseraum. Bis gleich!" Kim wandte sich zum Gehen, von Vanni begleitet.

Konsequenzen

In einiger Entfernung von der Jungengruppe fragte Vanni Kim: „Was würde eigentlich mit dem geschehen, der bei dieser Aktion erwischt würde?"

„Er würde sofort aus dem Internat fliegen. Noch am selben Tag müsste er packen und abreisen. Aber wir haben ja so geplant, dass du die

Schuldige bist – und du bist sowieso nicht mehr da. Dir kann der Rausschmiss ja egal sein."

„Was ist, wenn ihr doch entdeckt werdet?"

Kim kicherte: „Ich kann ja mit Recht sagen, dass ich an der Zerstörung nicht beteiligt war. Ich betrete den Raum ja gar nicht!"

„Und was ist mit den 6 Jungen?"

„Wenn die erwischt werden, dann erhalten sie eine deftige Strafe, aber sie werden wohl nicht von der Schule geworfen. Man kann nicht 6 Schüler gleichzeitig der Schule verweisen, das ist zu viel, das würde großes Aufsehen erregen und Negativschlagzeilen zur Folge haben, und das liegt kaum im Interesse der Schulleiterin."

„Kim, du denkst aber auch an alles!" Vanni sah sie groß an.

„Gehen wir in den Speisesaal, um nicht zu Abend zu essen. Wir sollen ja nichts bekommen!"

Damit beendete Kim das Gespräch und beide gingen zum Speisesaal.

10. Die Milchreisrevolution

Kims Bericht

Der Speisesaal füllte sich allmählich mit Schülern, die Mitschüler von Kim und Vanni waren jedoch schon vollzählig auf ihren Plätzen. Wiederum saß die Schulleiterin am Tisch der Klasse, ebenso Frau Bochem, neben beiden waren wieder Plätze frei, auf die sich Kim und Vanni setzten.

Dann wurde das Essen aufgetragen. Es gab Milchreis mit Zucker und Zimt. Vor Kim und Vanni wurden keine Teller hingestellt. Kim grinste: „Das hätte ich sowieso nicht gegessen!"

Bevor die Mahlzeit begann, ergriff die Schulleiterin das Wort. Sie wies darauf hin, dass nach dem Essen die Berichte vom Verlauf des Nachmittags vorgetragen werden sollten. Nur Kim sollte kurz sofort etwas zur Förderstunde sagen. Das würde dann ausschlaggebend sein, ob sie und Vanni nicht doch mit zu Abend essen dürften.

Kim erhob sich und rief laut in den Saal: „Ich will es kurz machen, weil ihr alle Hunger habt.

Wir dürfen nur demokratisch mitwirken, wenn das Ergebnis der Abstimmung der Schulleiterin und dem Kollegium passt. Wenn das Ergebnis oder vielleicht nur eine Gegenstimme der Schulleiterin und dem Kollegium nicht passt, dann spricht man von Verfehlung.

Die Demokratie ist nur eine Methode uns zu beherrschen, entweder direkt durch Bestrafungen, die man Belohnungen nennt, oder durch Marionetten aus der Schülerschaft, die im Sinne der Schulleitung Ämter ausüben und sich dabei nicht nur toll vorkommen, sondern die auch handfeste Vorteile davon haben, z. B. im Mathe-Unterricht.

Andere, die sich selbst eine Meinung bilden wollen, werden öffentlich erniedrigt und gemobbt.

Unter uns herrscht ein Klima der Angst, Bespitzelung, Bedrohung, Erniedrigung, Unterdrückung, Verlogenheit und öffentlicher Anprangerung, unter dem viele leiden.

Warum?

Den Entscheidungen soll jeweils ein demokratisches Mäntelchen umgehängt werden, damit die Lehrerschaft behaupten kann, dass wir alles selbst durch Abstimmungen so beschlossen haben und dann auch keiner dagegen handeln darf.

Die Demokratie dient dazu, uns bis in die persönlichsten Dinge zu beherrschen.

Dabei mache ich nicht mehr mit! Ende!"

Es war mucksmäuschenstill im Saal.

Solidarität

Die Schulleiterin erhob sich. „Ich sage dazu nur eins: Das beweist, wie unbelehrbar und unverschämt ihr seid. Das Abendessen bleibt gestrichen! Allen anderen wünsche ich jetzt einen guten Appetit!"

Es folgte ein allgemeines Getuschel, bis schließlich Mara aufstand und darum bat, etwas sagen zu dürfen, was ihr erlaubt wurde. „Ich habe auch ein Amt, und darauf war ich zuerst stolz. Aber ich habe mich immer unwohler gefühlt. Alles was Kim gesagt hat, stimmt, ich hätte es nur nicht so sagen können. Aber jetzt weiß ich eins: Ich mache auch nicht mehr mit und esse als Strafe, denn das ist es, jetzt auch nichts. Wer von euch will, wie ich, heute auf das Essen verzichten, um zu zeigen, dass er wie Kim und ich nicht mehr mitmacht?", rief sie in den Saal.

Zögernd hoben sich einige Hände, bis fast alle oben waren.

Schlacht

In der spannungsgeladenen Stille war plötzlich eine Stimme zu vernehmen. Es war die von Alexander, des Präsidenten aus Kims Klasse. „Als demokratisch gewählter Präsident verbiete ich der ganzen Klasse an dieser Revolte teilzunehmen. Den, der es dennoch tut, werde ich mit 3 roten Punkten bestrafen. Zum Zeichen, dass ihr auf meiner Seite steht, tut das, was ich auch tue: essen!"

Es war einen winzigen Moment völlig ruhig im Speisesaal, dann platzte ein unbändiges

Gelächter los, in das der sonst so stille, zurückhaltende, gehemmte Peer mit seiner kräftigen Stimme brüllte: „Mein Essen kannst du auch noch haben!" und seinen Löffel gefüllt mit Milchreis nach vorne schnellen ließ. Der Schuss war gut gezielt und der Milchreis klatschte mit einem schmatzenden Geräusch auf den Tisch von Alexander. Wie auf ein Kommando fingen jetzt fast alle an, ihre Löffelladungen Milchreis zunächst in Richtung Alexander abzuschießen, dann aber kreuz und quer durch den Raum, bis ein ungehemmtes Schießen den Speisesaal in ein Milchreisschlachtfeld verwandelte. Die kreischende Aufforderung der Schulleiterin, sofort aufzuhören, verhallte ungehört, zumindest hinterließ sie keinen Eindruck im tosenden Schlachtgetümmel, vor dem sich schließlich fast alle unter den Tischen in Sicherheit brachten, auch die anwesenden Lehrer und die Schulleiterin. Nur Alexander saß in stoischer Ruhe weiter auf seinem Platz, obwohl er weiterhin als Hauptzielscheibe diente, und aß weiter seinen Milchreis mit Zimt und Zucker.

Schließlich verebbte die Milchreisschießerei und die Schüler verließen unaufgefordert den Speisesaal, ohne Erlebnisberichte vorgetragen zu haben.

„Wir treffen uns noch in der Klasse! Weitersagen!", rief Kim einigen Mitschülern zu.

Nachdem sie und Vanni sich von den Spuren der Schlacht notdürftig gesäubert hatten, liefen sie zum Klassenraum.

11. Bittere Vorwürfe

Gemeinsamer Beschluss

Im Klassenraum waren bald alle Klassenkameraden der 9c versammelt, nur Alexander fehlte. Kim ergriff das Wort, und alle schienen darauf gewartet zu haben.

„Wir haben heute beim Essen fast alle laut verkündet, dass wir nicht mehr mitmachen wollen. Ich möchte, dass wir über folgenden Antrag abstimmen: ‚Wir machen bei der Demokratie, so wie sie die Schulleitung versteht, nicht mehr mit. Deswegen entfernen wir gemeinsam alles, was damit zusammenhängt!' Wer ist für den Antrag?" Ausnahmslos stimmten alle Anwesenden dafür. „Dann machen wir das jetzt direkt!", rief Kim in den Raum. Fast alle stürmten nach hinten zur „Wand des Ruhms." Mit wahrer Begeisterung wurden die Punkte, die Zettel und Plakate, die Protokolle der Demokratiestunden, kurz: alles, was zum „Demokratie" - Unterricht gehörte, vernichtet.

Aussprache

Zum Abschluss setzten sich alle noch einmal zu einer kurzen Aussprache hin, auch weil Kim eine wichtige Neuigkeit verkünden wollte.

Anna meldete sich: „Christian hat sich bei mir und Julia für sein Schmähgedicht entschuldigt!"

Alle schauten zu Christian, der leise zu sprechen begann. „Ich habe das gemacht, weil ich nicht so gut Mathe kann. Meistens hat Frau Bochem mich dann verschont, wenn ich vorher ein Schmähgedicht auf eine Rechenschnecke verfasst hatte. Dabei kann ich die beiden Mädchen gut leiden, vor allem Anne. Es tut mir so leid, wie ich mich verhalten habe!"

„Von mir hast du ja schon einen Denkzettel verpasst bekommen", warf Kim ein.

„Ja!", sagte Christian. „Und der war schrecklich!"

„Den hattest du verdient!", betonte Kim.

„Was ist mit morgen früh?", fragte Lars.

„Was meinst du damit? Was soll denn da sein?", riefen einige in den Raum.

„Alles, was wir geplant hatten, findet natürlich nicht statt, weil es schon stattgefunden hat. Denen, die nicht wissen, worum es geht, kann das egal sein, es spielt sowieso keine Rolle mehr!", antwortete Kim.

Anne meldete sich wieder. „Werden wir alle bestraft?", fragte sie ängstlich.

„Wie ja vielleicht einige von euch wissen, gehört mein Vater dem Elternkuratorium an. Das ist die Versammlung, die dafür sorgt, dass die Schule genügend Geld hat und dass die Lehrer guten Unterricht machen. Er hat mir geschrieben, dass man ihm mitgeteilt hat, dass die Lehrerschaft die Maßnahmen der Schulleitung ablehnt. Unsere Klassenlehrerin und die Schulleiterin haben daraufhin fristlos gekündigt. Sie arbeiten ab sofort nicht mehr bei uns. Das Lehrerkollegium hat beschlossen, dass sämtliche Aktionen von uns straffrei bleiben. Es soll von allen ein neuer Anfang gemacht werden."

Die Schülerschaft applaudierte lange und laut.

„So, jetzt gehen wir alle ins Bett", beendete Kim die Versammlung.

„Ich muss gleich noch mit dir reden, bitte, Kim!", wandte sich Vanni an Kim.

„Ja. Gut, dein Zimmer liegt ja neben meinem, da können wir noch genügend quatschen. Ich komme eine halbe Stunde später rüber! Bis dann!", verabschiedete sich Kim und beide gingen auf ihre Zimmer.

Überlegungen

Als Vanni in ihrem Zimmer war, achtete sie gar nicht so sehr auf die Einrichtung, obwohl sie darauf sehr neugierig gewesen war.

„Ich muss behalten, was passiert ist, aber wie kann ich das, wenn ich mich an nichts mehr erinnere? Ich muss den beiden doch alles berichten!" Sie zermarterte sich den Kopf, bis ihr plötzlich einfiel, dass sie ihren Charakter, sogar ihre Handschrift behalten würde. Dem Bericht von sich selbst, in ihrer eigenen Handschrift, würde sie trauen, und als weiteren Beleg würde sie einen Rest Milchreis dazu packen. So konnte sie sich sicher sein, dass die Geschehnisse in der zweiten Lebensschiene sich tatsächlich so ereignet hatten und dass sie alles Lynn und Mark genau erzählen konnte.

Das beruhigte sie etwas, aber ihr Herz schlug immer noch wild, denn das Schwerste stand ihr noch bevor.

Seelenqualen

Es klopfte und Kim betrat fröhlich lächelnd das Zimmer.

Vanni schnürte es die Kehle zu und, obwohl sie sich beherrschen wollte, entrang sich ein tiefer Schluchzer ihrer Brust und sie begann hemmungslos zu weinen.

Erstaunt und überrascht fragte Kim: „Nimmt es dich so mit, dass du uns morgen früh verlässt? Du kannst doch wiederkommen!"

„Nein. Ich kann nicht wiederkommen!"

„Warum nicht?"

Vanni sah sie starr an und sagte mit leiser, tonloser Stimme: „Weil ich dich nicht mehr von ganzem Herzen liebe! Wenn ich dich aber nicht mehr von ganzem Herzen liebe, werde ich dich vergessen."

„Wieso? Habe ich dir etwas getan?"

„Du merkst es noch nicht mal! Kim, du bist das furchtloseste und klügste und wahrscheinlich auch schönste Mädchen, das ich kenne. Aber deine Seele ist kalt geworden. Du liebst den Erfolg, aber nicht die Menschen!"

„Wem habe ich denn etwas getan?"

„Julia und Anne …"

„Die können sich doch wirklich nicht beschweren!"

„Du hast viel getan, nur das Entscheidende nicht. Auch du hast sie abgekanzelt, du hättest ihnen aber deine Hilfe anbieten können, um Mathe zu verstehen. Du lässt sie mit ihren Problemen allein und spielst dich als Lehrerin auf, hilfst ihnen aber nicht!

Und Christian…"

„Der hat doch wohl seine Strafe verdient!"

„Aber er hat sich danach vor allen entschuldigt. Er hatte Angst davor, in Mathe zu versagen. Er war auch ein Opfer, er versuchte sich durch Anpassung zu retten. Das war natürlich falsch, weil es auf Kosten von anderen ging. Er hatte auch ein schlechtes Gewissen dabei. Du hattest kein bisschen Verständnis dafür! Auch bei der Schulleiterin hast du übertrieben!"

„Willst du die jetzt auch noch in Schutz nehmen?" Kim wurde allmählich wütend.

„Ich finde, dass sich Gleichberechtigung und Respekt nicht unbedingt widersprechen. Du hast sie natürlich zu recht kritisiert, und keiner hätte das so gut gekonnt wie du. Aber sie vor allen respektlos zu behandeln hat nichts mit Demokratie zu tun. Du wolltest sie absichtlich verletzen und ihre Autorität untergraben. Auch für dich war die Demokratie da nur ein leeres Wort.

Aber ich finde es außerdem nicht richtig, dass du mich überhaupt nicht mehr zu Wort hast kommen lassen, noch nicht mal, als die Jungen unserer Klasse wissen wollten, was ich meine, wie man mit den Problemen umgehen sollte. Das hätte wohl deine Pläne gestört!"

„Genau! Und das konnte ich zu diesem Zeitpunkt nicht gebrauchen!"

„Siehst du, es geht immer nur um dich. Und dann noch etwas: Alle haben etwas riskiert, du nicht! Du warst immer am wenigsten verdächtig. Und jetzt höre ich auch noch, dass dein Vater für die Finanzen der Schule verantwortlich ist. Die Tochter eines so wichtigen Mannes hätte man kaum der Schule verwiesen. Dir hätte gar nichts Ernsthaftes passieren können. Aber andere, die du angestiftet hast, hatten viel mehr zu verlieren. Das war dir aber egal. Noch nicht einmal auf das Essen musstest du verzichten, weil du als Veganerin persönlich von der Küche versorgt wirst."

„Wirfst du mir jetzt vor, dass ich Veganerin bin?"

„Das hat überhaupt nichts damit zu tun! Aber du verschaffst dir Vorteile, die andere nicht haben. Du willst etwas durchsetzen, und dazu brauchst du die anderen. Bei dir zählt nur der Erfolg und du kannst nur einen lieben: dich selbst!

Aber das Herz hat mir etwas anderes gebrochen!"

„So melodramatisch! Was denn?"

„Kim, hast du jemals geglaubt, dass ich morgen um 9 Uhr aus der Klasse verschwinde?"

„Natürlich nicht!"

„Glaubst du es jetzt?"

„Ich habe es nie geglaubt, noch werde ich es je glauben!"

„Aber du hast doch deinen ganzen Plan so aufgebaut, dass man glauben sollte, dass die Schuldige verschwunden wäre!"

„Ich habe dich doch mehrmals gefragt, ob es sicher ist, dass du verschwindest!"

„Kim, du hast es nicht geglaubt, und deine Fragen dienten nur dazu, vor den anderen nicht als Schuldige dazustehen. Du wolltest mich benutzen, so wie du alle nur als Puppen in deinem Spiel benutzen wolltest!"

„Was hätte ich denn tun sollen, wenn du solch einen Unsinn erzählst?"

„Du hättest mich vor den Folgen meiner Dummheit schützen müssen, nicht die Dummheit ausnutzen! Du hättest zu mir sagen sollen, dass ihr mich bei der Planung gar nicht braucht. Aber dein Plan war dir wichtiger als ich! Du hast mich nicht gern, du kannst mich nur gut gebrauchen."

Vanni schluchzte erneut.

Kim erhob sich: „Ich dachte, ich hätte eine gute, neue Freundin gefunden, stattdessen ist sie eine Heulsuse. Dann flieg mal schön zurück in deine andere Welt, ich gehe jetzt schlafen."

Dann verließ sie, ohne sich umzublicken, das Zimmer.

12. Selbstzweifel

Etwas vergessen

Um 8.30 Uhr klemmte Vanni von innen einen Stock unter die Klinke der Klassenzimmertür, so dass sie von außen nicht geöffnet werden konnte. Aber es kam keiner, der in den Raum wollte. Müde vom nächtlichen Schreiben wartete sie, bis es 9 Uhr war, dann befand sie sich im nächsten Augenblick in ihrem Kinderzimmer, in dem Lynn und Mark sie erwarteten.

Nach den Umarmungen las sie alle Erlebnisse und Gedanken, die sie in der vergangenen Nacht niedergeschrieben hatte, den Beiden vor.

„Damit ist ja wohl klar, dass wir unsere Freundin Kim endgültig verloren haben", schloss sie.

Dann blickte sie Mark an. „Eine wichtige Sache habe ich vergessen, und die hole ich jetzt nach!", sagte sie, stand auf und küsste Mark mitten auf den Mund.

Etwas nicht vergessen

Nach dem Kuss schaute Mark Vanni glücklich an.

„Schon traurig, dass es nicht mehr so ist, wie früher!", sagte Vanni leise und wandte sich dann an Mark. „Du weißt doch bestimmt noch, wie Kim zuerst mit dir umgegangen ist und wie sie ihr Verhalten danach geändert hat. Du hast ihr ja damals Hochnäsigkeit vorgeworfen, und hochnäsig war sie auch in ihrer neuen Lebenswelt."

„Ich kann mich wirklich an keine Kim erinnern!", warf Mark ein.

Lynn starrte Vanni an: „Aber du kannst dich erinnern!"

„Na und? Sie war ja auch früher mal da!", entgegnete Vanni leichthin.

„Ja, weißt du denn nicht, was das bedeutet?", rief Lynn aufgeregt.

„Na, dass sie jetzt weg ist!" Vanni schaute Lynn irritiert an.

„Mensch, Vanni, das bedeutete, dass du sie noch von ganzem Herzen liebst, sonst hättest du sie vergessen!"

„Wie kann ich sie denn noch lieben, wenn ich das gar nicht mehr will!"

„Vielleicht war das, was du erlebt hast, gar nicht so schlimm, wie du dachtest. Vielleicht warst du mehr beleidigt als verletzt, vielleicht spürt dein Herz, dass du auch einen Fehler gemacht hast..."

„Was meinst du damit?"

Lynn nahm Vanni in den Arm. „Vanni, was glaubst du, was ich tue, wenn du jetzt meine Jacke mit einem Tintenfüller absichtlich bekleckst?"

Vanni starrte sie verständnislos an: „Was hat denn der Blödsinn damit zu tun? Willst du mich auf den Arm nehmen?"

„Sag schon! Du wirst schon sehen!"

„Du würdest mich anschreien oder mich fragen, ob ich einen Rappel habe, oder...keine Ahnung!"

„Nein! Ich würde dann, ohne ein Wort zu sagen, den ganzen Tag weiter mit dir verbringen und dir dann am nächsten Morgen mitteilen, dass ich mir alles überlegt hätte und wir jetzt keine Freundinnen mehr seien!"

„Das glaube ich nicht! Warum würdest du denn nicht sofort sagen, wenn dir etwas an mir nicht gefällt? Das kann doch nicht dein Ernst sein!"

„Du hast recht! Eine gute Freundin macht das nicht, sie ist direkt und geradeheraus, wenn ihr etwas an ihrer Freundin nicht gefällt."

„Und was soll das jetzt?"

„Vanni, wie bist du mit Kim umgegangen?"

Vanni schwieg.

Dann sagte sie tonlos: „Ich habe sie erst alles falsch machen lassen und ihr dann am Schluss eine Abrechnung präsentiert. An ihrer Stelle hätte ich mich dafür gehasst!"

Alle sahen sich gegenseitig an, bis Mark sagte: „Ganz klar! Eine von euch oder beide müssen noch mal zu ihr."

Lynn sah ihn an.

„Ja!", fuhr Mark fort. „Dich mag ich auch von Herzen gern, Lynn, aber anders als Vanni!"

Alle nickten und lächelten.

Herstellung und Verlag:
BoD- Books on Demand, Norderstedt
ISBN: 978-3-7481-1205-1

FSC
www.fsc.org

MIX

Papier aus ver-
antwortungsvollen
Quellen
Paper from
responsible sources

FSC® C105338